The Seed

시드

김형신
퓨전 판타지 소설

FUSION FANTASTIC STORY

시드 1권

김형신 판타지 장편 소설

초판 1쇄 찍은 날 § 2009년 5월 6일
초판 1쇄 펴낸 날 § 2009년 5월 14일

지은이 § 김형신
펴낸이 § 서경석

편집장 § 문혜영
편집책임 § 정서진
편집 § 주소영

펴낸곳 § 도서출판 청어람
등록번호 § 제1081-1-89호
등록일자 § 1999. 5. 31
어람번호 § 제1-1050호

주소 § 경기도 부천시 원미구 심곡2동 163-2 서경B/D 3F (우) 420-822
전화 § 032-656-4452 팩스 § 032-656-4453
http://www.chungeoram.com
E-mail § eoram99@chollian.net

ⓒ 김형신, 2009

ISBN 978-89-251-1795-9 04810
ISBN 978-89-251-1794-2 (세트)

김형신 퓨전 판타지 소설
FUSION FANTASTIC STORY

THE 시드 SEED

① |어둠의 전설|

청람

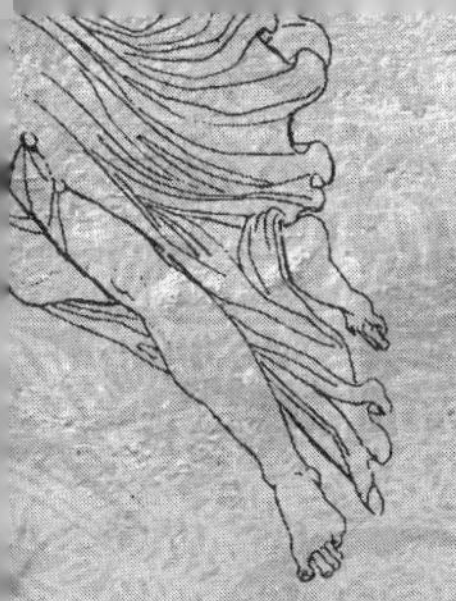

Contents

작가의 말

　안녕하세요! 어느덧 뉴 월드를 끝내고 이렇게 새로운 작품
으로 독자님들을 찾아뵙게 됐습니다.
　작가의 글이 매번 비슷하다며 고집 있다 하시는 독자 분들
이 계셨지만 이번에도 고집 있게 남기겠습니다!

　먼저 시드가 책으로 나올 수 있게 힘이 되어주신 청어람 관
계자 분들과 담당자님에게 감사를 표합니다.
　그리고 하늘에 계신 아버지와 못난 저를 언제나 믿어주고
힘이 되어주는 아내와 딸아이, 가족, 지인들 모두에게 사랑한
다는 말을 전합니다.
　또한, 6년이라는 길고 긴 시간동안 평온함을 선사하는 초

목과도 같았던 독자님들에게 고마움을 전달합니다.

　흐르는 강물은 멈추지 않고, 열정의 샘물은 마르지 않듯이… 언제나 노력이라는 밑거름을 짊어지고 발전하는 모습으로 찾아뵙겠습니다.

　마지막으로 이 글을 읽고 계신 독자님들에게 진심으로 감사한 마음을 고개 숙여 흐르는 세상에 흘려보냅니다.

김형신 올림

"으하하하!"

"으하하하!"

"이런, 상! 웃음이 나오십니까?"

"쿨럭! 이보게, 그래도 명색이 사자인데 체면 좀 세워주게. 뒤에 보는 눈들도 많지 않은가!"

사자의 얘기에 시현은 고개를 돌렸다.

죽어서 영혼이 된 이들의 줄이 꼬리가 보이지 않을 정도로 자신의 뒤에 존재했다.

하지만 어이없는 일을 겪은 시현에게 자제심은 없었다.

"하하, 체면이요? 설마 제가 알고 있는 그 체면이 맞습니까? 에이, 아니겠지요. 만약 맞는다면 사자님은 양심에 털도 없는 것이죠."

"아니, 살다 보면 실수할 수도 있는 법이 아닌가!"

"실수? 실수요!! 왜 하필 접니까? 사막에 모래만큼 많은 인간 중 왜 저냐고요! 예? 예!!"

시현은 목에 핏줄이 돋을 만큼 고함을 질렀다. 억울하고 억울했다.

모질게도 가난한 집에 태어났고, 어린 나이에 부모님도 잃었다. 그래서 평생을 일했다.

남은 동생을 먹여 살리기 위해, 굶어 죽지 않기 위해!

학교도 가지 않은 채 14살부터 29살까지 하루에 서너 시간 잠자며 일을 한 결과 이제야 전셋집을 마련했다.

그리고 어제 좋은 꿈을 꿔서 산 로또가 당첨되었다.

1등이었다. 당첨금만 해도 10억이 넘었다. 시현은 기뻐 울었다.

이제 팬티도 하루에 한 번씩 갈아입을 수 있고, 명절이나 제사 때만 먹던 고기도 자주 먹을 수 있다.

한데 기쁨을 만끽하기도 잠시, 배가 아파 찾아간 화장실. 똥을 싸기 위해 힘을 주다 급사했다!

그때 들린 낯선 남자의 목소리!

"이놈이 아닌가벼?"

세상에! 이제야 불행 끝, 행복 시작이라 믿었는데 도대체

이 무슨 경우란 말인가!

"진정 좀 하게. 아니, 깜빡하고 돋보기를 놔두고 간 것을 어떻게 하겠는가!"

"그래도 그렇죠! 아아, 됐습니다. 다른 말 필요없고 저를 살려주세요. 태어나 처음으로 소고기를 사왔는데 먹지도 못하고!"

"그럴 수는 없네."

"뭐라고요?"

시현의 얼굴이 일그러졌다.

"자네는 이미 사망자 명단에 이름이 올랐단 말이네. 죽은 이를 다시 살려줄 수는 없는 법이네. 미안하네."

"살 사람을 죽여도 된다는 법은 있고요?"

"아니, 그건 실수라니깐!"

"고함치지 마십시오! 비록 가진 것은 없어도 말발, 목청 하나는 누구보다 부족하지 않습니다!"

시현은 지지 않고 맞받아쳤다.

이제는 기세 싸움이었다. 절대 밀려서는 안 된다. 오랜 시간 돈과 사람에 시달리며 터득한 노하우였다.

부들!

시현의 기세에 사자는 고양이 앞의 쥐 꼴이었다. 당장 살인이라도 저지를 듯한 저 눈빛!

"후우, 그러면 어떻게 했으면 좋겠는가? 내 원래의 자네로 살려달라는 것 말고는 뭐든지 들어주겠네.”

“필요없습니다. 저는 이제 얻게 될 돈으로 행복한 인생
을…….”

“돈이 많은 사람으로 환생하면 되지 않은가!”

시현은 날카로운 눈빛으로 사자를 노려봤다.

그 베일 것 같은 차가움에 애써 소리친 사자는 움찔거리며
한 걸음 물러서며 머릿속을 굴렸다.

뭐가 마음에 들지 않는단 말인가? 기록을 보면 절대 거부
할 이유가 없었다.

하나 남은 여동생마저 작년에 병으로 떠나보냈으며 친한
친구도 없다.

오로지 돈 때문이라면 굳이 원래의 자신으로 돌아가지 않
아도 될 듯한데.

설마 자신이 소리를 질러서 그런 것인가?

‘뭐가 좋을까? 빨리 떠올라라!’

사자의 예상과는 달리 시현은 미친 듯이 잔머리를 굴렸다.

사자의 얘기처럼 돈만 많은 인생을 살 수 있다면 애써 돌아
갈 이유가 없었다.

얼굴도 못났고, 공장일과 노가다로 오랜 시간 세월을 보내
다 보니 건강도 많이 나빠진 상태였으니.

다만 최대한 많이 뜯어내려고 일부러 화난 척하고 있는 중
이다.

다다익선! 시현의 좌우명이었다.

"신이 되고 싶습니다."

"지랄! 욕 나오게 하지 마라."

"왜 안 됩니까?"

"신은 나보다 계급이 높은 분들 아니냐. 너는 종업원이 빽을 써서 사장 되게 하는 것 봤냐?"

"윽!"

너무나 적절한 비유에 시현은 어쩔 수 없이 물러섰다.

"그러면 반신이 되고 싶습니다."

"반신이라면 뭐를 뜻하냐?"

"거 있잖습니까! 아, 사자라는 분이 왜 이렇게 답답합니까! 드래곤이나 용, 사신수 등등, 신적인 존재들 말입니다!"

"야, 이 쌍놈아! 그들 역시 나보다 계급이 높지 않으냐!"

"젠장! 그럼 뭘 선택해야 됩니까?"

"인간이 있지 않으냐! 돈 많은 집안이라든지, 왕의 아들이라든지."

'왕의 아들?'

왕에서 시현은 혹했으나 고개를 저었다.

사극만 봐도 알 수 있었다. 그런 인간들, 참으로 복잡하게 살았다. 언제 죽을지도 모르는 핏줄들이다.

오래 살 수 있고 돈만 많은 집안이 무난했다.

"알겠습니다. 부유한 집안에 태어나게 해주십시오."

"부유한 집안 말이냐?"

"그렇습니다. 오로지 돈만 많은 집안에 태어나 공부라는 것도 좀 해보고 편안히 살고 싶습니다. 침대가 있는 집이면 더 좋겠군요. 예전에 에어컨이 있는 백화점으로 휴가를 가서 침대에 누워봤는데 아주 푹신하더군요."

"그, 그래, 알겠다. 돈만 많은 집이면 되지?"

"그럼요. 쓸데없이 선심 쓰실 필요는 없습니다. 뭐, 얼굴은 꽃미남에 강력한 신체는 바라지도 않습니다. 실수로 고생 끝, 행복만을 앞두고 있는 저를 죽이신 사자님께서 양심이 정녕 없으시다면 말입니다."

대놓고 바라는 시현의 발언! 사자는 이를 갈며 소리쳤다.

"해준다! 해준다고!"

"으하하! 해준다는데 거절하는 것도 예의가 아니죠. 감사히 받겠습니다. 아참, 내공은 서비스 아시죠?"

"뭐라?"

"제가 환생했는데 힘이 지배하는 세상이라 칩시다. 그러면 돈이 아무리 많으면 뭐 하겠습니까? 길 가다 맞아 죽기 다반사일 텐데. 그러니 내공을 달라 이 말입니다. 강해야 오래 살며 돈도 후회없이 쓰죠."

숨도 쉬지 않으며 말을 내뱉는 고난이도의 말발!

"하니, 사자님의 능력이 닿는 만큼 저를 강한 이로 태어나게 해주십시오. 혹시 아무런 힘이 없어 그곳에서도 억울하게 죽게 된다면 저는 다시 이곳에 찾아올 것입니다. 전 한다면 하는 놈입니다!"

독한 결심이 담긴 살벌한 눈빛!

사자의 표정이 원수를 만난 것처럼 변했다.

마음 같아서는 당장 지옥에 떨어뜨리고 싶지만 그럴 경우 죄부에 기록이 남게 되며, 자신의 실수가 발각된다.

그 이유로 인해 어쩔 수 없이 다 들어주려고 노력하는데 바라는 것이 많아도 너무 많았다.

'안 들어줄 수도 없고, 아흐! 다음부터는 돋보기를 달고 살아야겠군.'

결국 사자는 고개를 끄덕이며 옆에 놓인 부채를 집었다.

부채는 키가 180㎝인 시현보다 컸는데 힘껏 휘두르자 전설에 나오는 파초선처럼 강렬한 바람이 휘몰아쳤고, 시현의 신형이 컴컴한 하늘 높이 숏구쳤다.

'크큭! 어디 한 번 잘살아봐라!'

사자는 시현이 사라지자 속으로 통쾌한 웃음을 터뜨렸다.

원하는 것은 모두 들어줬다. 물론 당할 수만은 없기에 소심한 보복도 함께.

'잠깐, 기억은 지웠던가?'

문득 사자는 고개를 갸웃거렸다.

환생을 할 때는 기억을 지우는 것이 저승의 기본 규칙이었다.

하나 사자도 실수를 하기에 간혹 태어나면서부터 전생을 기억하는 이들이 존재했다.

'에라, 모르겠다.'

평소의 심한 건망증이 발휘되며 잘 생각이 나지 않자 사자는 신경을 끄며 일을 했다.

자신이 벌써 170만 번째 기억을 지우지 않고 환생시켰다는 사실도 모른 채.

염라대왕의 친척만 아니었더라면 당장 실업자가 됐을 사자였다.

CHAPTER 01
돈줄의 발견

시현이 죽은 지 11년 후.

프로티아 대륙의 숲 속에서 어린아이가 이를 갈고 있었다.

붉은빛의 머리카락과 눈동자를 보유한 미소년은 무엇이 분한지 땅을 주먹으로 내리치며 거친 욕설을 내뱉었다.

"이놈의 사자 새끼! 내 죽기만 해봐라! 이자를 쳐서 모두 받아낼 것이니!"

한참 욕설과 분을 토해내다 끓어오르는 혈압을 감당하지 못하고 뒷골을 부여잡았다. 사자만 생각하면 이렇게 화가 치밀어 올랐다.

'아, 그리운 3일이여.'

길게 한숨을 내쉬다 눈물까지 글썽거리는 소년.

시드라는 이름을 가지고 있는 소년은 환생한 시현이었다.

짙은 어둠이 자욱하게 내려앉은 터널을 지나자 따스한 물 속에 들어간 느낌을 받았으며, 양수라는 사실을 알아차렸다.

양수 안에서 10개월이라는 시간이 지난 뒤, 이 프로티아 대륙에 처음 발을 내디뎠을 때만 해도 싱글벙글했다.

겉으로 보고 듣기에는 집안에 돈은 물론 권력도 풍부했다.

대륙의 강국이라고 불리는 사대왕국 중 검술의 왕국 아카리. 그곳에서 백작가의 하나밖에 없는 아들이었다.

다른 자식이 존재하지 않으니 권력 싸움도 없을 터. 욕심만 부리지 않는다면 백작으로 평생 행복하게 살 수 있다.

어린 시드는 열심히 돈을 쓸 것이라 굳게 다짐했다.

과거에는 상상도 할 수 없었던 하루 세 끼를 모두 챙겨 먹고, 침대에서 잠을 자며, 간식도 잊지 않을 테다.

하지만 모든 것이 일장춘몽이었으니, 태어난 지 3일째였다.

아버지인 세이드 웰 백작이 플루닉이라는 인간의 능력으로 만들 수 없다고 알려진 금속 병기를 만들기 위해 돈을 투자했다가, 말아 먹은 것도 모자라 큰 빚까지 생겨 빚쟁이들이 들이닥쳤다.

빚쟁이들의 정체는 귀족들이었다.

결국 백작은 기사인 그리폰에게 시드를 맡기고 아내와 함께 몸을 피했다.

사방으로 돈을 빌리기 위해 노력했지만 유일한 힘이었던 경제력을 잃은 그를 도와줄 이는 존재하지 않았기에.

"시드를 부탁하네!"

백작은 자신의 기사인 그리폰에게 시드를 맡겼다.

데리고 가고 싶었으나 빚쟁이들에게 쫓기며 빈털터리가 된 자신보다는 검술 실력이 뛰어난 그와 함께 있는 것이 낫다고 판단했다.

당시 시드는 얼마나 가슴이 아팠던가!

빚쟁이들이 모두 가져가기 전에 짧은 팔다리로 한 푼이라도 챙기려고 노력했다.

그런데 바닥의 골드를 집는 순간 눈치없는 그리폰이 자신을 낚아채 저택을 떠났다.

1골드가 바닥에 떨어졌다.

시드는 처절함이 가득한 비명을 질렀다.

"응애!"

그리폰은 눈물을 떨구며 시드를 위로했다.

"도련님, 가문이 일어설 수 있도록 제가 곁에서 힘이 되어 드리겠습니다."

의사소통이 전혀 되지 않는 둘이었다.

그 후, 시드에게는 지옥이 펼쳐졌다.

그리폰은 수능 시험을 앞둔 수험생들처럼 눈에 불을 켜며 부모님을 찾고 가문을 일으켜 세워야 한다고 매일 세뇌시켰다.

그러다 답답함을 참지 못한 시드가 태어난 지 몇 달도 채 지나지 않아 자리에서 벌떡 일어나 말을 하고 걸으니 가문을 위한 신의 축복이라며, 대륙에서도 손꼽히는 기사였던 그는 철저히 검술도 가르쳤다.

한마디로 목적만 다를 뿐이지 이생에서도 육체 노가다를 하게 되었다.

전생에 굶어가며 그토록 많이 했는데, 그것도 태어난 지 몇 달 만에!

대놓고 싫다고 했더니 다시 말해보시라는 그리폰의 눈빛이 너무나 살벌했다.

그 후, 대륙을 떠돌아다니며 고통과 세뇌밖에 없던 9년의 시간이 흘렀다.

그리폰은 부모님을 찾지 못한 상황에서 나이와 화병으로 인해 죽음을 맞이했다. 죽으면서도 부모님을 찾고 가문을 일으켜야 한다는 불굴의 집념을 선보이며.

'죽는 것도 곱게 죽지 않았지!'

시드는 치를 떨었다.

사자가 다른 점은 몰라도 육체적인 부분에 있어서는 평범한 수준을 넘어서게 해줬다.

처음 그리폰 역시 몸을 만져 보더니 경악과 기쁨을 금치 못
하며 자신의 모든 것을 전수해 주지 않았던가!

더불어 죽기 직전 자신의 모든 마나까지 건네줬다. 처음에
는 고마웠다.

그런데 말이 전수였고 마나의 축복이었다. 지랄, 죽는 줄
알았다.

세상 모든 아픔이 온몸에서 느껴졌다.

속이 타 들어갔으며 온몸은 덥고 춥기를 반복했다.

살이 찢어지는 아픔에 쉴 틈 없이 피가 역류했고, 뼈가 부
서지는 듯했다.

추가로 정신을 잃으면 죽을 수도 있다고 말했기에, 이 악물
고 허벅지까지 꼬집어가며 맨 정신으로 버텼다.

또한 마나의 전수가 끝난 다음에는 수십 번을 혼절하며 죽
음의 사선을 넘나들었다.

그렇게 반년이 더 지나서야 그리폰의 힘을 자신의 것으로
만들었다.

'생각해 보자. 가진 것도 없고 아는 이도 존재하지 않는다.
하나 마나와 검술이 있다.'

시드는 어린 나이부터 마나 호흡을 시작했는데, 사자가 준
능력 덕인지 마나를 흡수하고 자신의 것으로 만드는 능력이
상상을 뛰어넘었다.

일반적으로 마나는 심장에 모이며 자신의 힘으로 만들기

위해서는 능력에 따라 다르지만 많은 시간이 필요했다.

무작정 모았다고 쓸 수 있지 않았다.

흡수한 마나를 뼈와 육체, 피부 하나하나에 스머들게 만들어야 진정 자신의 것이 되며 발휘할 수 있었다.

한데 시드는 심장이 아닌 전신에 모여들어 양에서도 차이가 났고, 스머드는 시간도 짧았다.

거기에 실력파 기사인 그리폰의 노력과 전수로 인해 현재의 시드는 모든 면에서 그를 뛰어넘었다.

이제 갓 열 살에 말이다.

'먼저 산을 내려가자. 그런 다음 힘을 바탕으로 돈을 끌어모으는 것이다.'

시드는 장대한 꿈을 품은 채 자리에서 일어나 그리폰의 묘를 쳐다봤다.

그에게는 미안하지만 가문을 일으키고 싶은 마음은 존재하지 않았다.

귀찮았다. 피곤할 듯했다. 이번 생에서는 돈만 많이 벌어 편하게 살고 싶었다.

단, 경제력을 갖춘 다음 부모님은 찾을 계획이다.

돈도 없고 아무것도 모르는 상황에서 무작정 찾을 수는 없는 노릇이며, 함께한 시간이 없다 할지라도 자신을 낳아준 부모였으니.

꼬르르륵!

산을 내려가는 와중 배가 고파오자 시드는 주변의 기척을 찾았다. 산짐승이라도 한 마리 잡아 배를 채워야 했다.

그리폰과 함께 도망자 생활을 하다 보니 짐승을 사로잡아 죽인 뒤 살과 가죽을 분리하는 일에 익숙해졌고, 몬스터도 망설임없이 죽일 수 있었다.

"오호라?"

무엇인가를 감지한 시드의 표정이 밝아졌다.

들렸다, 싸우는 소리가. 났다, 짙은 피 냄새가.

"으하하!"

시드는 크게 웃음을 터뜨렸다. 안 그래도 돈에 굶주려 있었는데 시작부터 쉽게 운이 트였다.

"찾았다, 돈줄!"

시드의 신형이 믿기 힘든 속도로 움직이며 싸움이 벌어지는 곳으로 신형을 날렸다.

쿠우웅!

검을 쥐고 있던 기사들과 방망이를 쥔 오크들은 행동을 멈추며 자신들 정중앙에 굉음과 함께 떨어진 소년을 쳐다봤다.

"1골드."

시드는 음흉한 미소와 함께 흥정을 시작했다.

"뭐, 뭐냐?"

금발의 기사 나스크는 기가 찼다.

언덕에서 갑자기 어린아이가 뛰어내리더니 자신들을 향해 손을 내밀며 1골드라고 한다. 안 그래도 예상치 못한 오크들의 공격에 미쳐 버릴 것 같은데, 짜증이 치밀어 올랐다.

이곳은 어린아이가 있을 곳이 못 된다.

"꺼져라! 여기에 있다가는 죽는다!"

까칠한 나스크의 얘기에 시드의 표정이 짓궂어졌다.

"그러면 2골드."

"이 자식이 정말! 크으윽!!"

그때 마찬가지로 어이없어하던 오크들이 공격을 시도하자 나스크는 다급히 방망이를 막으며 뒤로 물러섰다.

현재 기사 다섯 대 오크 30의 전투였다.

최선을 다해도 죽을 확률이 높은데 어린놈이 신경 쓰이게 하니 집중하기도 힘들었다.

"거 되게 힘들어 보이는데, 3골드 좋습니다!"

"너 정말 죽여 버린다?"

나스크가 거칠게 말하자 시드는 실소와 함께 혀를 차며 손을 풀다 옆구리에 차고 있는 목검을 뽑았다.

그리폰이 자신의 사이즈에 맞춰 제작해 준 검이었다.

이대로 가다가는 협상이 쉽지 않을 듯하니 실력을 조금 보여준 다음 가격을 높일 계획.

"어어, 이봐! 야!"

은근히 시드가 위험할까 봐 신경을 쓰고 있던 나스크가 당

황을 금치 못하며 소리를 질렀다. 오크에게 달려들 줄은 예상
도 못했다. 분명 오크의 주먹에 맞아 산산조각 날 것이다.

하지만 예상은 빗나가고 말았다.

쩌어억!

나무로 만들어진 검이었다. 그런데 명검을 휘두른 것처럼
한 마리의 오크가 정확하게 반으로 갈라졌다.

“마, 말도 안 돼.”

“세상에! 무슨 일이야!”

“아니야, 우리가 분명 잘못 본 것이겠지.”

나스크와 기사들은 한마디씩 하며 지금의 상황을 부인했
다.

나무 검으로 저렇게 완벽히 베어낼 수는 없다. 현재 자신들
의 능력으로도 어려운 일이다.

“이제는 10골드.”

힘을 썼기에 가격이 부쩍 상승했다.

“무슨 헛소…….”

“제가 내겠어요.”

“아, 아가씨!”

나스크가 말도 안 된다며 따지려 할 때 기사들이 지키고 있
던 마차에서 여자의 목소리가 흘러나왔다.

그러자 시드의 눈빛이 반짝이며 가격을 재차 올렸다.

“단, 제가 말한 것은 한 마리당 10골드입니다!”

"이, 이봐! 마리당 10골드는 너무하잖아!"

"후후, 알겠어요."

'20골드라 할 것을 그랬나?'

기사들보다 높은 위치에 있는 여자의 확답과 함께 시드는 아쉬움을 느꼈다.

저리 쉽게 수긍한다면 더 불러도 무난했을 듯한데.

하지만 10골드도 절대 적은 돈이 아니었다. 시드는 팔을 빙빙 돌리며 오크들에게 다가갔다.

남은 오크의 수는 총 23마리. 가격은 230골드.

시드가 잔인한 미소를 머금었다.

그 미소에 오크들은 끝없이 밀려오는 공포를 느끼며 몇 걸음 물러섰다. 몬스터의 본능적인 감각이 위험하다고 외쳤다.

곧 시드는 오크, 아니, 골드들을 향해 파고들었다.

스파아앗!

시드의 목검이 머리통을 부숴 버렸다. 오크는 녹색 피를 뿜으며 바닥에 쓰러졌다.

'아무리 봐도 돼지 같군!'

오크는 사람의 육체에 돼지의 머리, 녹색의 피부를 가진 몬스터였다.

'이크! 으랏차!'

자신의 머리를 노리고 달려드는 방망이를 발견한 시드는

고개를 뒤로 빼 피한 후 빛처럼 빠르게 파고들며 주먹을 내질
렀다.

"키에에엑!"

오크의 입에서 기이한 비명이 울려 퍼졌다. 그와 함께 찝찝
함을 느꼈다.

그동안 많은 몬스터를 사냥하고 죽여와 익숙해졌지만 장
기들과 뼈, 피의 느낌은 아무리 많은 경험을 해봐도 쉽게 무
감각해지기는 힘들었다.

하지만 지금은 몬스터가 아닌 골드였다.

기분 나빠할 틈도 존재하지 않는다. 망설임은 사치!

'벌써 20골드!'

순식간에 두 마리 오크를 해치운 시드는 흐뭇한 표정으로
놈들을 쳐다봤다.

오크들은 짐승들보다 더욱 강자에 민감하다. 그렇기에 시
드 역시 마나를 최대한 자제하며 싸우고 있었다.

만약 이곳에서 자신의 힘을 한 번에 개방한다면 오크들은
견디지 못하고 도망칠 것이다.

물론 도망을 친다 해도 결과는 마찬가지겠지만.

"우리도 힘을 합세하자!"

"그래! 저 꼬마한테 모두 맡길 수야 없지!"

"그럼! 아가씨의 호위는 우리다! 으아아아!"

막 오크 한 마리의 목을 베어낸 시드의 인상이 일그러졌다.

적이다, 적! 자신의 돈을 노리는 적들이 나타났다!

쉬이익!

시드는 아주 빠르게 움직였다. 오크들이 아닌 나스크를 비롯한 기사들에게로!

"그 누구도 제 돈을 가로챌 수는 없습니다!"

돈만 관련되면 발휘되는 무서운 집착! 까칠한 경계심!

기사들은 시드에게서 이제까지와는 다른 기세가 풍기자 움찔하며 뒤로 물러섰다.

오크들도 저리 무시무시하게 노려보지 않았고 살기도 내뿜지 않았다. 한데, 자신들이 도대체 무엇을 잘못했다고 이런다는 말인가!

단지 도와주려고 했을 뿐인데.

'안 되겠다. 한 번에 끝내야겠어.'

시드는 여전히 경계심을 풀지 않으며 마나를 서서히 풀었다.

몸도 풀 겸 조금 더 즐기고 싶었으나, 그러다 만약 한 마리라도 기사들이 처치한다면 견딜 수 없으리라.

시퍼렇게 눈을 뜬 상황에서 10골드를 빼앗기는 것과 다름없다.

10골드면 얼마인가! 한 달은 편안하게 먹고살 수 있는 돈이다.

한마디로 한 달의 안락과 행복을 강탈당하는 것!

'그게 좋겠군.'

시드는 그리폰의 기술을 떠올렸다.

그리폰은 대륙에서도 100위 안에 드는 라탈 급의 검사였으며 검술 역시 실전 위주의 무시무시한 파괴력을 갖추고 있었다.

큰 기술의 경우 마나의 소비가 크다는 단점 역시 존재했지만 그리폰의 마나를 모두 자신의 것으로 만들었으며, 타고난 체질로 인해 오랜 시간 무시무시한 속도로 마나를 끌어 모은 시드에게는 문제가 없었다.

오히려 마탈 급이 된 이후에는 자신의 능력에 맞게 진화까지 시켰다.

그리폰의 검술과 힘은 시드에게 전수되며 완벽해진 것이다.

"하아압!"

시드의 검에 맹렬한 기세로 마나가 모여들었다. 마나는 하나의 빛을 형성했으며 점점 더 짙고 길어졌다.

"커억!"

"내 눈이 미쳤나 봐!"

기사들은 그 모습에 경악성을 토해내며 뒤로 물러섰다.

검이 보이지 않을 정도의 선명한 마나는 적어도 라탈 급은 되어야 가능하다.

라탈 급? 저 어린 소년이? 정말 마법에 홀렸다고 믿고 싶었다.

그러나 시드의 목검에서 반월형의 푸른 기운 세 개가 뻗어나가자 모두는 뺨을 꼬집으며 현실을 부정하고 싶었지만 인정할 수밖에 없었다.

저 소년은 라탈 급이 아닌, 마탈 급의 경지를 이룩했다고.

눈이 부시는 폭발이 터졌다. 시드는 허탈한 얼굴로 바닥에 주저앉았다.

나스크는 마나의 소비가 너무도 큰 탓이라 생각했다. 하나 실상은 달랐다.

팡팡팡!

지면을 주먹으로 내리치며 눈물까지 흘리는 시드.

'가죽이 모두 날아갔어!'

한 방에 오크들을 전멸시키는 것만 떠올리다가 미처 생각하지 못했다.

그 결과 가격은 낮지만 그래도 돈이 되는 오크의 가죽마저 재가 되었다.

'크흑! 오늘의 일은 잊지 말자. 더욱 조심하고 아끼자.'

아픈 가슴을 애써 달래며 시드는 자리에서 일어섰다. 떠나간 돈의 넋을 위로해 주고 싶었지만 계산이 먼저였다.

"너, 넌 누구냐?"

"시드입니다."

넋이 나간 나스크의 질문에 시드는 흐뭇한 얼굴로 대답하며 자신과 거래를 한 여자가 타고 있는 마차를 향해 걸음을 옮겼다.

이제 230골드를 받아야 할 차례.

천천히 문이 열리며 60대로 보이는 늙은 노인과 한 소녀가 모습을 드러냈다.

'예쁘군.'

시드는 두근거리는 가슴을 뒤로한 채 소녀를 바라봤다.

이제 10대 중, 후반의 나이로 보였다. 파도치는 푸른색의 머리카락은 허리까지 길게 내려와 있었고, 뽀얀 피부, 조화가 잘된 얼굴, 살짝 마르면서도 볼륨이 살아 있는 몸매, 귀족의 도도함보다는 선함이 가득한 미소까지.

만약 이곳이 대한민국이었더라면 당장 연예인을 해도 부족함이 없을 미모의 소녀는 환한 눈웃음으로 먼저 인사를 했다.

"리스네라고 합니다."

'특이하다.'

그리폰에게 많은 것을 배웠다.

그중 귀족에 관한 내용도 있었는데, 그들은 자존심이 대단히 강하다고 했다. 그래서 자신보다 신분이 낮다고 판단될 경우 절대 먼저 인사를 하지 않는다고.

눈앞에 있는 리스네는 분명 귀족이었다.

귀족이 아니라면 기사들이 호위를 할 일도 없고 집사 같은 이가 따라다니지도 않을 테니.

한데, 누가 보기에도 평민, 혹은 거지로 보이는 자신에게
먼저 인사를 건넸다.

'나의 힘 때문인가?'

시드는 오크들을 물리친 자신의 모습을 떠올렸다.

기사들도 알아차렸지만 현재 마탈 급에 머무르고 있었다.

대륙에서는 기사들과 마법사들의 능력을 여러 급으로 표
현하는데 마나를 깨닫는 수준은 이트 급부터였다.

이트 급은 갓 마나를 깨달은 이였다.

다음 경지인 에트 급부터 마나가 연하게 밖으로 드러난다.

그 위로 라탈 급이 존재했는데, 마나를 무기와 육체에 자유
롭게 이동하며 무엇이든지 베고 파괴할 수 있는 경지를 말한
다. 라탈 급부터 무기가 보이지 않을 정도로 진한 마나가 형
성된다.

라탈 급 다음이 마탈 급이었다.

마나를 발출할 수 있으며 마나의 정점에 선 자라 불리는데,
마법사의 경우 고대의 마법도 발휘할 수 있게 된다. 마탈 급
에서 마법사는 단 둘이었다.

현재 시드는 마탈 급의 문을 겨우 열고 들어온 상황이었다.

자신의 스승과 다름없는 그리폰의 가르침과 라탈 급 상위
의 마나가 결정적인 도움을 주었다.

그러니 귀족이라 할지라도 어쩌면 당연한 반응이었다.

어린 소년이 마탈 급? 대륙이 뒤집힐 일이었다.

"350골드입니다."

"도대체 왜 가격이 오른 것인가?"

살짝 굽은 허리에 흰머리의 집사 타렌은 기가 찬 표정으로 소리쳤다.

230골드도 대단히 아까웠다. 목숨 값에 비하면 아무것도 아니었지만, 사실 굳이 필요하지 않는 도움이었다.

자신들에게는 바로 저택으로 갈 수 있는 이동 주문서도 존재했으며, 아가씨인 리스네의 스승이 준 강력한 힘도 있었다. 그 힘을 사용했더라면 오크들은 손쉽게 해치울 수 있었다.

아니, 4서클의 마법사인 자신과 리스네가 기사들에게 힘을 보태도 어렵지 않게 승리할 수 있었다.

단지 기사들에게 경험을 쌓아주기 위해 방관했을 뿐이고 소년이 나타나지 않았으면 도와주려고 했다.

기사들을 죽게 만들 수는 없었으니까.

그 찰나에 갑작스레 소년이 나타났고, 호기심이 동한 리스네로 인해 시드의 활약을 지켜볼 수밖에 없었다.

그래서 아깝다 할지라도 약속을 했으니 230골드를 마법 주머니에서 꺼냈더니 이제 와 350골드를 달라 주장하고 있다.

230골드 역시 제아무리 귀족이라 할지라도 쉽게 내놓기 힘든 금액인데 말이다.

"오크들의 가죽 값만 따져도 5골드는 족히 될 것입니다. 그리고 제가 부상을 입었습니다."

"어디를 부상 입었다는 말인가? 내 눈에는 멀쩡해 보이기만 하다네."

시드는 속으로 비릿한 웃음을 흘렸다.

협상에 있어서 흥분한다면 패배를 자초하는 길.

"말하면 압니까? 마나를 무리하게 끌어올려 속에 부상을 입었습니다. 단, 저는 자비심이 하늘만큼 넓기에 350골드만 달라는 것입니다. 다른 마탈·급 유저였으면 1,000골드는 기본일 텐데."

다른 마탈 급과 비교하며 정당성을 주장하는 센스!

"그조차도 꼬우시다면 필요없습니다. 당장 달려가서 이 숲 속에 존재하는 오크들은 물론 오우거까지 끌고 오겠습니다. 저 역시 350골드만큼 그들과 합세해 적이 될 테고요!"

거기에 협박은 옵션!

"으윽!"

타렌은 안색이 붉어지며 당황했다.

외형은 소년이지만 그의 능력은 마탈 급. 충분히 가능한 일이었다.

만약 마탈 급이 350골드만큼 두들겨 팬다면? 자신과 리스네는 도망칠 수 있어도 기사들의 생명은 보장하기 힘들다.

'저 눈빛! 어린놈이 왜 이리 돈에 욕심이 많단 말인가!'

'으하하! 얼른 내놔라! 나의 협상은 이제 시작이니!'

희비가 교차했다. 타렌은 결국 이를 악물었다.

"알겠네. 350골……."

"어, 다친 곳이 또 발견되었군요. 400골드가 적당할 듯싶습니다."

"아니, 조금 전에는 분명……."

"조금 전은 조금 전이고 지금은 지금이죠. 그러면 다친 것을 숨기며 제가 돈을 덜 받아야 합니까? 대단하시군요, 대단해. 자신들을 위해 희생한 가녀리고 어린 소년에게 이토록 상처를 주고 외면하셔도 됩니까? 내 오늘 일을 프로티아 전역에 알릴 것입니다!"

이제는 타렌뿐 아니라 기사들마저 입을 쩍 벌렸다. 도저히 맞받아치기 힘들도록 상황을 몰아가고 있다.

마탈 급이 다쳤다고 하는데 자신들의 능력으로 알아볼 수도 없으니 입증할 수도 없지만 반박하지도 못한다.

거기다 말도 안 되는 모함에 동정심 유발까지.

정말 화려하면서도 끔찍한 입담!

"재미있는 분이시군요."

"아, 아가씨!"

타렌은 리스네가 나서자 당황한 표정으로 그녀를 붙잡으려고 했다.

극악한 놈이다. 위험한 놈이다. 힘이 없다면 자해를 해서라도 돈을 뜯어먹을 놈이었다.

그런 놈에게 자신의 아가씨가 접근해서는 안 된다.

하지만 손을 내밀며 괜찮다고 하는 리스네의 결심에 타렌은 그녀를 잡지 못했다.

"500골드를 드리겠습니다."

"아가씨!"

"에에?"

리스네의 갑작스러운 발언에 타렌은 물론 시드까지 놀랐다.

자신이 주장한 400골드에 100골드를 더 얹어주겠다니.

"생긴 것도 여신과 진배없는데 마음씨는 오르라 강의 물줄기처럼 온화하고 부드럽습니다."

당황도 잠시, 돈줄을 향한 시드의 거침없는 아부!

그런 가식적인 모습에 모두는 치를 떨었지만, 리스네만큼은 여전히 온화한 표정으로 바라보다 재차 붉고 도톰한 입술을 열었다.

"단, 지금 제가 가지고 있는 돈이 400골드뿐입니다. 100골드는 집에 도착했을 때 마저 드리도록 하겠습니다. 그리고 이 시간부로 추가 비용도 드리겠습니다. 어떻습니까? 그때까지 저를 지켜주시겠습니까?"

시드는 빠르게 계산했다.

절대 사기는 치지 않을 것이다. 자신의 힘을 봤으니.

"하루에 얼마죠?"

“10골드입니다. 마탈 급에게 부족한 일당이겠지만 적은 가격은 아니라 생각됩니다.”

특급 용병, 기사라 할지라도 하루 일당은 2, 3골드였다. 물론 라탈 급 이상부터는 하루 일당을 받고 경호를 하는 경우가 없기에 정확한 가격이 성립되지는 않지만 말이다.

한마디로 부르는 것이 값.

그 사실을 알기에 리스네는 미리 선수를 쳤다.

“목적지는 어디인가요?”

굶주린 거지의 눈빛으로 조목조목 따지는 시드.

“제 아버님이 계시는 리스토 백작가입니다. 일주일 정도면 도착합니다.”

‘일주일에 70골드. 나쁘지 않다. 좋은 돈줄을 만났어. 백작의 딸이라……’

리스네를 만나 일주일 동안 얻게 될 수입이 총 570골드였다.

산에서 내려가다 몬스터들을 잡고 가죽까지 챙길 경우 수입은 더욱 증가한다.

하나 결정권은 리스네가 아닌 바로 자신이었다.

“위험 수당이 필요합니다. 몬스터들이 나타날 때마다 5골드 추가 비용을 받겠습니다. 400골드는 지금 먼저 지급해 주시고, 계약서를 작성해 주셔야 합니다. 만약 도착한 이후에도 돈을 바로 주지 않으신다면 이자는 하루에 50%입니다!”

돈에 관련해서는 치밀하고 악랄한 시드.

이번에는 리스네마저 멍한 표정을 지었다가 웃음을 터뜨렸다.

그 광경에 타렌이 서둘러 나섰다.

"안 됩니다, 아가씨! 이 타렌이 꼭 지켜드릴 테니 저런 놈의 욕심을 채워주지 마십시오!"

"거, 말 똑바로 하십쇼. 저런 놈이라니요! 듣는 놈 기분 나쁩니다. 곱게 늙어야지, 쯧!"

"으윽! 네놈이 어떻게 힘을 얻었는지는 모르지만 너무 오만하구나!"

"내 친구 이름이 오만이오."

"커허억!"

타렌은 뒤통수를 부여잡고 비틀거렸다. 평소 지병이던 고혈압이 뻗친 것이다.

"저분은 저희에게 큰 힘이 될 것입니다."

리스네가 타렌을 부축하며 작은 목소리로 말했다.

그때서야 타렌은 무조건 양보하는 리스네의 행동이 이해되었다.

그렇다. 현 시국에서 마탈 급의 존재는 큰 힘이 된다. 하지만 그래도 마음에 들지 않는 것은 어쩔 수 없었다.

'나를 이용해 먹겠다?

마탈 급에 오르면서 시드는 육체가 완벽하게 재구성되었다.

그로 인해 마음만 먹는다면 작은 소리라 할지라도 얼마든지 들을 수 있었다. 시드는 속으로 사악한 웃음을 흘렸다.

'돈만 준다면 언제나 이용당해 주지. 역으로도 이용해 주고. 으하하!'

시드와 타렌 사이에 팽팽한 긴장감이 흘렀다.

"저는 힘없는 소년일 뿐입니다."

"자네는 마탈 급이 아닌가!"

"거참, 마탈 급은 인간도 아닙니까? 예? 마탈 급이 되면 안 피곤하다는 사실을 영감이 압니까? 마나도 무리하게 써서 죽겠는데 어린 저보고 걸으라니요!"

"으윽, 자네 몸만 봐도 알 수 있네. 열 살이라고 했나? 열 살이 그토록 근육이 잡혀 있다면 분명 대단한 수행을 했을 것이고 체력도 뛰어나겠지. 안에는 자리도 없네."

"무식하면 용감하다더니 영감이 그 꼴이군요. 무리하게 마나를 쓴다는 것이 얼마나 힘 빠지는 일인 줄 아십니까? 아아, 당연히 아셔야죠. 심장 속에 마나를 가지고 있으신 분이."

타렌의 안색이 변했다.

단번에 알아차렸다. 마법을 발휘하지 않았는데도 말이다.

'이것이 마탈 급인가!'

대륙 전체에서도 열 명밖에 없다는 마탈 급은 역시 괴물이었다.

시드는 시시각각 변하는 타렌의 표정을 보며 실소를 머금었다.

마나의 소비가 컸다고 거짓말했지만 무리한 정도는 아니다. 더불어 그토록 수련을 받았는데 걷는 것이 힘들 리 없었다. 하지만 걷는 것이 귀찮았다.

마차가 있는데 왜 굳이 걸어서 이동해야 한다는 말인가!

찌릿! 찌릿!

시드와 타렌의 눈빛이 허공에서 마주쳤다. 폭발하기 직전처럼 둘의 분위기는 살벌했다.

"들어오세요."

"아가씨!"

둘의 대결은 리스네의 개입과 함께 쉽게 끝났다. 타렌은 억울하지만 따지지도 못하고 울상이 되었다.

"으하하! 영감, 거 심보 좀 곱게 쓰쇼!"

시드는 그리폰이 흥분할 때 쓰는 말투를 흉내 내며 타렌을 골렸고, 마차에 올라탔다.

"궁금하군요."

마차에 올라타자마자 리스네가 따스한 웃음과 함께 말을 꺼냈다.

'왜 안 물어보나 했다.'

능력이 알려지면 삶이 귀찮아진다.

그래서 시드는 산에서 내려오기 전에 힘을 최대한 감추고 살까도 생각했다.

하나 그럴 경우 문제가 발생한다. 먼저 돈을 벌기가 어려웠다. 아무런 힘이 없는 어린 소년이 어떻게 이 세상을 살아가겠는가?

3일 동안 백작의 자식이었다고는 하지만 스스로 작위를 버린 것과 다름없었고, 시드에게는 증명할 그 어떤 것도 남아있지 않았다.

단지 그리폰한테 받은 마법 주머니에는 그가 쓰던 검과 몇 가지 검술이 적힌 서적만이 존재했다. 추가로 9년 동안 떠돌아다니며 모은 몬스터 가죽과 말이다.

그러니 시드는 힘을 감추지 않기로 결정했다.

몬스터 가죽만 팔아도 한동안 생활이 가능하겠지만, 자신의 목표는 그런 푼돈이 아니었으며 부모님도 찾아야 했다.

힘을 발휘해 이름을 알리고 돈을 번다.

그 후, 단서도 없는데 자신이 찾아다니기보다는 유명해져서 부모님들이 쉽게 찾아오도록 만든다. 빚도 다 갚아주고 말이다.

그것이 시드의 계획이었다.

'쉽지 않겠군.'

저승사자나 그리폰, 타렌처럼 다혈질에 단순한 사람은 상대하기가 쉽지만 리스네처럼 겉으로 드러내지 않으며 머릿속에 구렁이를 감춘 이는 달랐다.

조금 전의 모습에서도 파악됐다.

다른 이들의 입장에서는 리스네가 다 져주는 듯하지만, 그녀는 더 멀리 바라보고 계획했다.

상대하기 까다로운 인물이었다.

"무엇이 말입니까?"

아무것도 모르겠다는 듯 반문하는 시드.

리스네의 눈웃음이 더욱 짙어졌다. 보통 남자라면 흔들릴 만도 한 외형이었지만 시드는 달랐다.

시드에게 있어서 리스네는 여자가 아닌 돈줄.

돈줄치고는 너무나 예뻐서 처음에 두근거리기는 했지만.

"대륙의 전설인 그분 역시 20대가 돼서야 마탈 급에 오르셨습니다."

"제가 그분보다 더 뛰어날 뿐입니다."

"후, 후후, 정말 대단한 분이군요."

시드의 직접적인 발언에 리스네는 당황스러움을 금치 못했다.

그는 기사들뿐 아니라 대륙의 영웅이자 우상이었으며, 신으로 찬양하는 이들도 많았다. 당장 곁에 있는 타렌도 그중 한 명이었다.

한데, 저 어린 나이에 자신이 그보다 더 낫다고 말할 수 있다니.

'정말 솔직하거나 일부러 나를 혼란스럽게 하는 것이다. 무엇이지?'

리스네는 확신을 하지 못했다. 그때 타렌이 이를 갈며 고함을 질렀다.

"이놈! 감히 그분을!"

"거참, 영감. 그렇게 일일이 열 내면 삶이 안 피곤하슈? 그렇다면 어디 말해보시구려. 그분은 스무 살에 마탈 급이었고, 나는 열 살에 마탈 급이오. 누가 더 뛰어납니까?"

"그, 그래도 네놈은 그분의 발끝에도 못 미친다!"

"으하하! 뒤질 때가 되어서 4서클 마법사인 영감보다야… 큭."

"커어억!"

본전도 못 찾는 타렌이었다.

"어서 오십시오!"

"남자 여섯이 묵을 큰 방과 아가씨가 쉴 수 있는 가장 좋은 방 하나 주게나."

시드와 리스네가 만난 지 이틀째.

모두는 숲을 벗어나 피라타라는 도시에 도착했고, 하루 휴식을 위해 여관을 찾았다.

이곳 여관은 귀족과 잘사는 평민들을 대상으로 영업하는지 겉보기에도 화려했는데, 내부 역시 깔끔했으며 가격이 비쐈다.

아직 계산을 하지 않았지만 카운터 옆에 가격 푯말이 붙어 있어 알 수 있었다.

"시드는 나랑 같이 있자."

"아, 아가씨!"

주인장에게 필요한 물품들을 말하던 타렌의 얼굴이 굳어졌다.

이틀이라는 시간 동안 둘이 가까워졌다는 사실은 알고 있다. 이제는 말도 놓는 사이가 되어 있었다.

하지만 같은 방에서 자겠다니! 평민이라면 모르겠지만 리스네는 귀족이었다.

"시드는 이제 열 살이에요. 동생과 같고요. 걱정 마세요."

"그래도……."

"함께 있는 것이 저에게도 좋아요."

리스네의 상냥한 눈빛이 잠시나마 변했다.

아주 짧은 순간이었기에 마주 보고 있는 타렌만이 알아차리며 수긍했다.

"아, 알겠습니다. 네 이놈! 아가씨 몸에 손 하나라도 댔다가는!"

"댔는데? 어쩔 거유?"

"으으윽!"

타렌의 말이 끝나자마자 리스네의 손을 잡는 시드.

대놓고 타렌의 심기를 건드린다!

타렌은 혈압이 무섭게 폭발했지만 애써 자신의 감정을 추스르며 심호흡을 했다.

아니꼽고 보기 싫다. 하나, 지금은 시드의 힘이 절대적으로 필요한 상황.

참자, 참아. 저놈이 웃는 날도 머지않았다.

"우와! 우와!"

"후후, 거기서 뭐 하니?"

"침대가 있어!"

시드는 정신연령마저 어린아이라도 된 듯 환하게 웃으며 제자리에서 뛰었다.

가장 좋은 곳을 부탁해서인지 방은 넓었다. 전생에서 동생이랑 같이 살던 집보다도 두 배 이상은 컸다.

어마어마한 가격이 다 이유가 있는 것이다.

거기다가 창가에 위치한 푸른 커튼이 처진 침대는 시드의 시선을 사로잡았다.

출렁! 출렁!

무엇으로 채워져 있는지는 모르지만 백화점에서 경험했던 침대보다 더욱 탄력이 좋으며 부드러웠다.

시드는 즐거운 얼굴로 점프를 몇 번이나 시도했다.

"그런데 누나."

"응?"

한참이나 침대와 장난을 치던 시드는 밝은 얼굴로 리스네
를 불렀다.

처음에는 누나라 부르는 것이 어색했다.

그리폰이야 50대의 기사였으니 전생의 나이를 합쳐도 자
신보다 많았다.

하나 리스네는 이제 열여섯 살이었고, 비록 외형은 소년이
지만 전생을 기억하고 있는 시드한테는 조카뻘이었다.

그러나 시드는 생각을 바꿨다. 기억을 못할 뿐이지, 저들
역시 전생이 존재한다. 그 나이까지 합치면 결과는 또 달라졌
다.

한마디로 전생은 전생, 현생은 현생.

시드는 스스로를 열 살이라고 인지하도록 노력했다.

그러자 리스네에게 가벼운 마음으로 누나라 부를 수 있었
고, 리스네 역시 말을 놓으며 친근하게 대했다.

"가면 어떻게 할 생각이야?"

시드가 침대에서 뒹굴며 묻자, 리스네의 얼굴에 슬픈 기색
이 차올랐다.

"아직 결정하지 못했어."

"그래?"

아무것도 모른다는 얼굴로 되물은 시드는 속으로 차갑게
실소를 흘렸다.

머릿속에 여우를 몇 마리나 가지고 사는 여자였다. 그런 이

가 대면하는 날이 며칠 남지도 않았는데 결정을 못했다는 것
은 어불성설이었다.

'누구의 손을 들어줄까?'

이틀 동안 시드는 리스네의 사연을 들었다.

리스네의 아버지인 리스토 백작은 현재 몸에 병을 가지고
있었는데 심각한 상황이라고 한다. 마법사들도 그를 치료하
기 힘든 수준.

물론 전설이라 불리는 소울 급의 마법사가 존재한다면 얘
기는 달라질 수 있다.

하지만 소울 급은 옛날 단 한 명을 제외하고는 누구도 오르
지 못한 경지였고, 마탈 급의 경지에 오른 왕궁마법사의 치료
를 받았음에도 잠깐 호전되었을 뿐 큰 차도가 없었다.

그래서 수련을 하던 리스네가 돌아오게 되었다.

다만 문제가 존재했다. 리스네의 오빠인 리메토였다.

올해 열아홉 살이었는데 개망나니로 소문이 자자했고, 리
스네와는 사이가 좋지 않았다.

리메토는 백작이 죽게 될 사실을 알고 불안에 떨었다. 자신
과는 달리 리스네는 어린 시절부터 총애를 받았다.

현재는 왕궁의 수석마법사인 아폴레에게도 사랑을 받고
있다.

이대로 있다가는 아폴레의 입김을 비롯해 여러 이유로 자
신은 아무것도 얻지 못한 채 버려질 것이다.

결국 리메토의 심장에 악마가 둥지를 틀었다.

자연스럽게 자신이 백작이 되고 재산을 얻기 위해서는 리스네만 없어지면 된다는 결론.

그는 망설이지 않고 짙은 어둠을 리스네에게 뻗쳤다. 그리고 좌절했다.

리스네의 스승이 문제였다. 그녀에게 암살자들은 전혀 통하지 않았다.

리메토는 초조히 기다렸다. 방법은 하나밖에 없었다. 리스네가 아폴레와 떨어지는 때에 죽여야 한다.

그로 인해 아폴레가 자신에게 분노를 품을 수도 있지만 확실한 물증만 잡히지 않으면 된다.

그래서 리스네에게 시드의 존재는 가뭄의 단비와 다름없었다.

물론 스승인 아폴레가 만약을 대비한 준비를 해두었다.

하지만 언제나 변수는 존재하기에 안심할 수 없었고, 암살자 길드에 역으로 죽여 달라 하거나 자신을 지켜달라며 의뢰를 할 계획도 있었다.

시드로 인해 이제는 그럴 필요가 없어졌지만.

"시드, 나는 불안해. 넌 내 곁에서 힘이 되어주겠지?"

시드가 침대에 눕자 곁에 다가온 리스네가 울 듯한 얼굴로 작게 속삭였다.

귓가에 따스한 숨결이 닿았다.

“누나는 나만 믿어. 어떤 위험이 있더라도 내가 지켜줄 테니.”

“시드, 고마워.”

시드의 확신이 가득한 어투에 리스네는 그를 품에 안았다.

시드의 얼굴이 티가 날 정도로 붉어졌다.

얼굴이 그녀의 크고 하얀 가슴에 파묻힌 탓이다.

“고마워, 고마워…….”

진실함이 담긴 리스네의 반복되는 말.

시드는 그녀의 어깨를 토닥이며 사악하게 미소를 머금었다.

‘걱정하지 마라. 돈만 많이 준다면 난 네 편이니.’

그때 울 것 같은 표정을 짓고 있던 리스네의 입꼬리가 올라갔다.

“왜, 왜 그래?”

리스네는 의아한 표정으로 시드를 향해 물었다. 리스네뿐 아니라 모두가 당혹스러웠다.

먹음직스러운 요리를 보다가 울어버리다니?

그들의 상식으로는 이해가 되지 않았다.

‘요리가 다섯 개나 있다!’

주위의 시선은 아랑곳 않고 시드는 감격에 떨며 식탁에서 눈을 떼지 못했다.

고기와 해산물이 푸짐하게 차려져 있다. 영화와 TV에서나 볼 수 있었던 요리들.

가장 중요한 사실은 돈을 한 푼도 내지 않아도 된다!

'생일 때도 조개껍질만 넣은 미역국을 먹었는데.'

평생을 극악의 궁핍함에서 살았다.

가난한 이들에게 공짜로 음식을 나눠 주고 매달 기부를 하는 이들은 시드에게 있어 영화에서나 보는 비현실이었다.

계란말이 하나로도 동생과 치열하게 싸웠다.

동생이 입원하면서 어쩔 수 없이 돈을 빌렸다가 원금을 못 갚자 찾아온 사채업자.

그에게 두들겨 맞으면서도 구걸해 자장면 하나를 얻어먹고는 했다.

하지만 이제는 달랐다. 더 이상 빚이 없으며 오히려 돈만 있다.

그리고 물주도 존재했고 더욱 많은 돈을 벌 수도 있다.

비록 환생한 지 3일 만에 거지 팔자가 되었지만 지금은 부자로 진화하는 중.

이제는 익숙해져야 했다. 이제는 이런 일에 울어서는 안 된다!

'시드, 당황하지 말자. 당당하게 겁먹지 말고 먹어주자.'

시드는 길게 심호흡을 한 후 포크를 집어 들어 잘 익은 고기에 손을 뻗었다.

부들부들!

그런데 마음가짐과는 달리 손이 말을 듣지 않았다.

저 비싼 것을 정말 먹어도 되는가? 한입에 삼켜야 하나? 반만 먹고 반은 방에 가서 몰래 먹을까?

정말 궁핍의 끝을 보여주는 고민!

푸우욱!

고민에서 쉽사리 벗어나지 못하고 식은땀까지 흘리던 시드는 결국 한 접시에 1골드나 하는 고기를 포크에 찍어 입에 넣었다.

넣는 순간에도 육즙 먼저 다 빨고 씹을까? 최소 5분은 맛을 음미해야 예의겠지? 갈등했지만 모두의 시선이 집중되어 있는 상황.

무시당할 수는 없다. 있는 척해야 했다.

'뭐지? 도대체 뭐야?'

'왜 우는 거냐고!'

'맛이 이상한가? 입에 안 맞나?'

시드가 고기를 씹고 삼킨 다음에도 재차 두 눈이 충혈됐다. 그 광경에 다들 각자 추리를 했지만 정답은 없었다.

'너무 맛있다! 너무 아까워!'

시드가 감격한 이유는 두 가지였다.

첫 번째, 태어나서 가장 맛있었다.

환생을 한 후, 짐승들을 많이 잡아 먹어봤지만 이토록 부드럽고 육즙이 풍부한 고기는 먹어보지 못했다.

두 번째, 돈이 아까웠다. 1골드! 1골드는 100실버였으며 10,000브론즈였다.

총 열 조각이니 개당 10실버라는 가격이 성립된다. 한 조각에 10실버!

"괜찮아?"

"응, 난 괜찮아."

움찔!

곁에 다가가 위로하려던 리스네는 저도 모르게 주춤거렸다.

두 눈이 붉어졌다. 얼굴은 경련을 일으킨다. 식은땀에 눈물마저 흐른다.

그러면서 시선은 요리에 고정되어 있다!

"정말 누나가 다 사주는 거지?"

무엇인가 결심을 한 듯 시드는 재차 확인했다.

"으, 으응."

"정말?"

마치 적을 만난 것처럼 살벌한 기세!

"으, 응!"

리스네는 겁에 질린 얼굴로 서둘러 대답했다.

그날 리스네는 타렌에게 돈까지 빌려야 했다.

“우와! 네가 인간이냐? 혼자서 스무 접시를 어떻게 먹어?”

“너무 맛있다 보니 그만……”

“하여튼 뭐든지 상상을 초월하는군.”

나스크는 실소를 흘리며 고개를 저었다.

나이답지 않은 말투와 능력, 거기에 식욕까지. 정말 알면 알수록 놀라웠다.

“28골드, 28골드!”

그 와중에 홀로 분노에 불타는 이가 있었으니 돈을 빌려준 타렌이었다.

400골드나 미리 주었기에 리스네한테는 28골드란 돈이 있지 않았다.

리스네는 주군의 딸.

아무리 빌려주었다 하지만 돌려받을 마음은 없었다.

한데, 그럴 경우 손해가 막심했다. 더군다나 밉상인 시드로 인해 발생한 일.

“영감님, 얼굴에서 불나겠습니다. 으하하!”

기분이 좋아진 시드의 농에 타렌은 더욱 열불이 치솟아 이를 악물며 노려봤지만 어느새 시드는 타렌에게 관심을 끄고 두 눈을 감고 있었다.

따스했다. 이 대륙에 환생해 백작의 아들이었던 3일을 제외하고는 처음으로 따스한 물에 하는 목욕이다.

그리폰은 씻는 시간도 아까워했기에 언제나 찬물에 후다

닥 샤워를 끝내고 수련을 해야 했다.

'좋구나.'

기사들의 수다 소리가 들렸다. 타렌의 이 가는 소리도 들렸다. 그 모든 것들이 자장가처럼 들렸다.

시드는 천천히 두 눈을 감았다. 눈꺼풀이 무거워졌다. 온몸이 나른하고 피로가 싹 가셨다. 졸음이 밀려왔다.

물속이든 어디든 지금이 극락이며 잠들고 싶었다.

"쿨… 쿨……."

결국 시드는 유혹을 이겨내지 못한 채 잠에 빠져들었다.

그 모습에 나스크는 혹시나 물속에 빠지기라도 할까 봐 조심스럽게 시드의 몸에 손을 갖다 댔다. 물 밖으로 옮길 생각이었다.

그 순간 시드가 두 눈을 번쩍 떴다.

타탁탁!

시드는 놀란 나스크를 버려두고 공동 욕실을 벗어나 빠르게 달렸다.

그 속도가 얼마나 대단한지 눈으로 쫓기 힘들 정도였다.

'이것 봐라?'

처음에는 제대로 감지하지 못했다. 한데, 얼핏 느낀 기운에 집중을 하니 정확히 파악할 수 있었다.

잘 다듬어진 살기였다. 위치는 리스네의 방.

'또 뜯어낼 수 있겠군.'

리스네의 방 앞에서 급격하게 멈춘 시드는 돈을 떠올리자 주먹을 불끈 쥐었다.

급하게 오다 보니 옷은 챙겨 입지 못했다. 문득 옷을 가져올까도 생각했지만 고개를 저었다.

근육이 잘 발달되었다고는 해도 열 살의 몸이었다.

아니, 돈과 관련된 다급한 일이라면 스물, 서른 살이라 할지라도 마찬가지.

알몸을 보이면 잠시 창피할 뿐이지만, 벌 수 있는 돈을 놓치면 평생 괴로울 것이다.

시드는 곧 방문을 힘차게 열었다.

CHAPTER 02
어둠의 전설

　　로이스는 길게 심호흡을 내쉬었다. 임무는 이제 막바지에 도달했다.

　　목욕을 준비하는 리스네의 목을 잘라 가져가기만 하면 거액이 떨어졌다.

　　[가자.]

　　천장 위에서 작은 구멍을 통해 내려다보던 로이스는 동료인 필시아에게 입을 열지 않고 음성을 전했다.

　　특급 살수들이 기본적으로 배우는 마나를 인용한 기술이다.

　　단점은 마나가 잠시 노출되는 점이었지만 아주 미세한 정

도였고, 에트 급의 마법사가 알아차릴 수 있는 수준은 아니었
다.

스스스스!

좁은 천장 틈새에 납작하게 엎드려 있던 로이스와 필시아
의 신형이 순식간에 사라졌다.

"어?"

막 옷을 벗으려던 리스네의 얼굴이 굳어버렸다.

인기척도 느끼지 못했는데 갑자기 검은 복면을 쓴 두 명의
인물이 눈앞에 나타났다.

한 명은 체격이 큰 건장한 남자였고, 다른 한 명은 굴곡이
살아 있는 여인이었다.

"리스네, 이만 죽어줘야겠다."

낮으며 거친 음성이 로이스에게서 흘러나왔다. 그와 함께
로이스는 손에 쥔 단검을 빠르게 움직였다.

리스네의 마법 실력이 천재적이라 알려지기는 했지만, 아
직까지는 자신과 능력 차이가 너무 심하기에 막지 못할 한 수
였다.

아니, 비슷한 수준이라 할지라도 이렇게 근접 거리에서 이
루어지는 공격은 막기 힘들다.

특히 상대는 접근전에 약한 마법사였다.

'1,000골드치고는 일이 너무 쉽군.'

리스네의 새하얀 목이 붉은 피로 물드는 것을 상상하며 로

이스는 실소를 흘렸다.

그녀에게는 기사들과 소년이 있었지만 모두가 달려들어도 자신들의 상대가 될 수 없었다. 즉 굳이 특급 살수들을 쓸 필요가 없다는 뜻이었다.

하나 겁이 많은 리메토는 한 번에 끝내기 위해 금전적으로 무리수를 두면서까지 자신들을 고용했다.

푸우욱!

단검을 통해 짜릿한 감촉이 느껴졌다. 로이스의 입가에 실망과 만족이 함께 포함된 미소가 지어졌다.

하지만 입술이 뒤틀리기까지는 오랜 시간이 걸리지 않았다.

단검에 피를 적신 사람은 리스네가 아닌 소년이었다.

'더럽게 아프네.'

시드는 팔에 박힌 단검을 빼내며 리스네를 뒤에 세웠다.

레이디를 우선적으로 보호하는 매너가 존재하지는 않지만 머니를 향한 사랑은 그 누구보다 탁월했다.

"누나, 이놈들은 추가 수당이야. 내 부상에 대한 치료비도 알지?"

"그래, 그래."

리스네는 예상했다는 듯 쉽게 수긍했다.

'추가 수입 확정!'

사실 시드는 단검을 막으며 반격까지 할 수 있었다.

그러나 이렇게 한 번 다쳐 줌으로 인해 수입을 늘릴 수 있기에 너그러운 마음으로 한쪽 팔을 내밀어줬다.

돈을 위해서라면 자기희생은 센스!

'자, 이놈들로 협상을 해볼까?

시드는 검은 복면과 옷을 입은 둘을 따스한 눈길로 쳐다봤다.

자신의 재산을 늘려줄 고마운 분들이었다.

[뭐, 뭐지?]

[나도 모르겠다.]

그런 시드의 눈길에 당황하며 입을 꾹 다문 채 대화를 나누는 둘.

[설마 내 미모가 아름다워서는 아니겠지?]

[아니다. 저놈이 남자를 좋아하는 것이 아닐까? 그래서 나에게 반한 것인지도.]

전혀 얼굴이 보이지 않음에도 불구하고 착각의 절정을 달린다!

그 정도로 시드의 눈빛은 끈적거렸다.

"아가씨, 괜찮으십니까?"

"뭐야, 저것들은?"

그사이 욕실에서 옷을 챙겨 입고 황급히 따라온 타렌, 나스크가 기사들과 같이 도착했다.

그들은 리스네의 앞에 서서 두 살수를 경계했다.

"비키십시오. 여러분의 상대가 아닙니다."

"그 정도로 강한가?"

타렌의 반문에 시드는 굳은 얼굴로 고개를 끄덕거렸다.

"둘이 힘을 합치면 저 역시 장담하기가 힘들겠군요."

시드의 말에 모두는 얼어붙었다.

나이와 외형은 소년이었지만 최고의 자리라는 마탈 급에 오른 시드였다.

한데 시드조차 승부를 장담할 수 없는 상대들이라니!

"설마, 검은 달의 특급 살수들?"

상대의 복장과 시드의 말에서 무엇인가를 깨달은 리스네가 떨리는 목소리로 중얼거렸다.

검은 달은 마법의 왕국 리샤르에서 최고 살수 집단이었다.

인원은 많지 않지만 한명 한명이 실력파였으며 가장 많은 라탈 급을 보유한 집단이기도 했다.

검은 달의 특징은 가슴 부근에 달의 형태가 그려져 있는데 리스네가 그 부분을 지금 발견한 것이다.

"그렇다. 우리는 검은 달의 살수들이다. 방해꾼들이 나타났지만 결과는 달라지지 않는다."

자신들의 정체를 숨기지 않은 로이스는 단검을 쥔 손에 힘을 주며 찝찝한 눈길로 시드를 쳐다봤다.

마나를 탐색하려고 했으나 느껴지지 않았다. 마치 벽이 가로막고 있는 듯한 느낌.

세 가지 추측이 가능했다.

자신의 힘을 뛰어넘었거나 마법 물품의 힘, 혹은 마나가 아예 존재하지 않는.

그중 로이스는 두 번째 추측이 정답이라고 확신했다.

십 대 소년이 자신보다 강할 리 없었다. 그런 소문조차 들어본 적이 없다.

더불어 자신의 일격에도 팔이 잘리지 않았으니 마나를 사용하는 것은 확실했다.

"추가 비용 50골드에 치료비 50골드. 저들은 강하니 50골드 추가. 합이 150골드!"

검은 달이고 뭐고 빠르게 머릿속으로 계산하던 시드는 가격이 결정되자 타렌과 리스네를 돌아보며 말했다.

"컥! 네놈이랑 강도랑 다를 게 무엇이냐?"

"꼬우면 마슈. 난 갈랍니다."

"이이익!!"

"후후, 알겠어. 지켜주면 나 역시 너에게 보답을 할 것이야."

"역시 누나야!"

시드는 뒷목을 붙잡고 있는 타렌을 향해 혀를 길게 내민 다음 웃는 얼굴로 몸을 풀었다.

그러다 알몸이라는 것을 확인하자 살수들에게 양해를 구

한 뒤 다 해진 옷을 입었다.

　살수들은 시드의 기가 막힐 정도로 어이없는 태도에 멍하니 바라봤다.

　'내일 아침에 옷을 사러 가야겠어.'

　마법 주머니에는 검술 서적과 9년 동안 떠돌아다니며 모은 몬스터의 가죽, 리스네에게 받은 400골드가 있었다.

　그런데 옷은 존재하지 않았다.

　'이제 마지막으로 더 올려볼까?

　현재 시드가 추가로 받을 돈은 총 300골드였다.

　남은 며칠의 일당과 산에서 내려오다 몬스터들을 만나 추가 일당을 포함한 금액이었고, 받은 돈까지 합칠 경우 700골드가 된다.

　700골드! 미친 척 사치를 하지 않는 이상 몇 년은 마음껏 먹고 놀 수 있는 금액이었다.

　하지만 한이 맺혀도 너무나 맺혀 환생했다.

　돈에 대한 끝없는 욕심은 만리장성도 자신을 형님이라 할 만큼 끝이 없다.

　'자, 쇼 타임이다!'

　결심과 함께 시드의 신형이 빠르게 살수들을 향해 달려들었다.

　퍼어엉!

　단검과 주먹이 부딪쳤는데 폭발하는 듯한 소리가 울렸다.

"뭐, 뭐냐, 네놈은?"

로이스는 알 수 없는 위협을 느꼈다. 무언의 존재가 자신을 집어삼키는 것 같았다.

그래서 절반 이상의 마나를 끌어올려 단검을 뻗었다.

하지만 소년은 다치지 않았다. 오히려 재미있다는 듯 웃고 있다.

'설마 나를 뛰어넘었다는 말인가!'

로이스의 얼굴이 경악으로 물들었다.

있을 수 없는 일이었다. 있어서도 안 되는 일이었다.

"크윽! 역시 강하구나!"

그 순간 뭔가 과장된 듯한 시드의 말투와 몸짓.

퍼어억! 우당탕!

그러다 공격을 받고 바닥을 뒹굴었다.

'이때다!'

시드는 넘어진 상황에서 다급히 혀를 깨물었다. 주르륵 피가 입술 밖으로 새어 나왔다.

그 모습에 리스네와 타렌, 기사들은 불안함을 감추지 못했다.

마탈 급인 시드가 피를 흘릴 정도의 적이었다는 말인가!

"괘, 괜찮겠나?"

앙숙 관계인 타렌조차 걱정을 하게 되는 상황. 시드는 힘겹게 고개를 끄덕였다.

“놈들은 강하지만, 정말 강하지만 해보겠습니다.”

유독 강함에서 강조를 한 시드는 피를 닦으며 로이스를 향해 재차 파고들었다.

시드의 주먹과 로이스의 단검이 허공에서 맞부딪쳤다.

얼마나 빠른지 그 누구도 정확한 움직임을 파악하지 못했다.

‘이크, 위험하다!’

시드는 신형을 팽이처럼 회전시키며 바닥을 굴렀다.

로이스와 즐기는 사이, 여자 특급 살수인 필시아가 채찍을 휘두른 탓이다.

흔한 채찍이 아니었다. 가시처럼 날카로운 금속이 붙어 있었으며 마나도 듬뿍 담겨 있었다.

“하아, 하아!”

폭풍처럼 휘몰아쳤던 대결이 잔잔한 호수마냥 소강상태에 접어들었다.

시드는 거친 숨을 몰아쉬며 뒤로 물러섰다. 지친 기색이 역력한 모습.

“네놈들, 마탈 급을 눈앞에 두고 있구나!”

손가락으로 둘을 가리키며 다 들으라는 듯 크게 외친 시드!

리스네를 비롯한 일행의 눈동자가 크게 떠졌다.

준 마탈 급 둘이면 이제 갓 마탈 급에 오른 시드를 곤경에 처하게 하는 것이 당연했다.

“그게 정말이냐?”

타렌이 절망한 표정으로 물었다.

위험했다. 적들의 능력이 그 정도 수준이라면 오늘 최대의 위기를 맞은 것이다.

한데 놀란 것은 일행뿐만이 아니었다. 살수들 역시 황당함을 느끼며 서로를 쳐다봤다.

[우리 라탈 급이 된 지 얼마나 지났지?]

[일주일.]

[그런데 벌써 마탈 급이 될 수 있는 거야?]

[나한테 물어보면 안 되지.]

[……]

마나를 응용해 대화를 나누다 어색한 침묵이 흐르는 둘.

아무리 생각해도 자신들은 라탈 급인데, 대등하게 맞서고 있는 소년이 마탈 급에 이르렀다고 하니 긴가민가했다.

“이기려면 그 방법밖에 없는데…….”

그때 시드가 드디어 거래를 위한 운을 뗴었고, 타렌의 두 눈이 번쩍였다.

이 상황에서 무슨 짓이든 못하겠는가!

도망을 치자니 시드의 존재가 필요했다. 힘을 보태자니 자신들의 힘은 큰 도움이 되지 못했다. 리스네의 스승이 준 힘을 사용하기 위해선 시간이 필요했다.

그렇기에 방법이 있다는 시드의 발언은 신의 축복과 다름

없었다.

"뭐냐? 그것이 뭐냐 말이다!"

"제 마나를 희생시켜 힘을 극대화시킬 수 있는 방법이 있습니다만, 이 기술을 쓰면 일부 마나를 영원히 잃어버리는 것과 같아서……."

거래를 위해 정중한 말투를 사용하고 일부러 말끝도 흐렸다.

마나는 모든 힘의 원천이다. 그 힘을 잃게 된다는 것은 기사는 물론 마법사에게도 끔찍한 일이었다.

거래의 액수를 올리기 위한 최대의 미끼!

"뭐, 난 도망치려고 하면 도망칠 수도 있는데……."

동시에 위기감도 함께 선사한다.

"우, 우리를 위해 희생을 해주면 안 되겠는가?"

절박한 타렌의 말에 시드는 속으로 '낚였구나!'를 외치며 사악하게 웃었지만 겉은 여전히 정색을 유지했다.

"함께한 정이 있으니 어려운 일만은 아니지요. 단, 아무런 보상 없이는……."

"뭐든지 주겠다. 우리를 지켜만 준다면!"

"약속했습니다? 말로 하는 약속도 약속이지요? 그렇지, 리스네 누나?"

"후후, 그래."

리스네는 애써 고개를 끄덕였지만 타렌과 함께 불안감을

느꼈다.

지금 이 순간만큼은 살수들이 무섭지 않았다.

오히려 눈에 골드가 새겨진 시드가 더욱 두려웠다.

"그렇다면야 뭐, 우리 사이에 친분도 있으니 500골드!"

"커억! 5, 500골드 말이냐?"

"싫으면 영감님이 싸우시든지, 아니면 마나라도 내놓든지……."

"으윽! 아, 아가씨, 어떻게 하죠?"

"시드, 도, 돈 걱정은 하지 마. 너는 나를 지켜주면 돼."

말을 더듬기는 했지만 리스네의 확답을 들으며 시드는 고개를 끄덕였다.

이로써 받아야 될 돈이 800골드로 증가했다.

몇 분간의 연기로 수백 골드를 얻게 되었으니 이보다 기쁜 일이 어디 있겠는가!

'전생에서는 아무리 노력해도 벌지 못하더니 현생에서는 조금만 해도 상상 이상으로 벌어지는군. 역시 능력이 있어야 돈을 벌기가 쉽군.'

시드는 실소를 흘리며 있지도 않는 기술을 쓰는 척 연기했다.

그리고 순간적으로 자신의 모든 마나를 개방했다.

이제 놀아주는 것은 끝이었다.

“괴물이다.”

“정말 괴물이었어.”

로이스와 필시아는 같은 말을 하며 바닥에 주저앉았다.

거리를 걷는 이들이 쳐다봤지만 신경 쓸 기력조차 존재하지 않았다.

외형은 발육이 좋아 열다섯 살이라 해도 믿을 정도였지만 나이는 열 살이라고 했다.

그런데 마탈 급에 올라섰다니!

“움직일 수도 없었어.”

로이스는 아직도 떨리는 몸을 진정시키지 못했다. 두 번 다시는 겪고 싶지 않은 마나의 돌풍이었다.

살기는 존재하지 않았지만 마주 서고 있다는 것 자체만으로도 세상이 무너지는 절망을 느꼈다.

눈앞에 있는 소년이 인간인지도 의문이 들 정도였다.

“어떻게 해야 하지?”

“어쩌기는, 사실대로 말해야지.”

“말하지 않겠다고 약속했잖아?”

필시아는 내키지 않는 얼굴로 되물었다.

소년과는 아니었지만 백작가의 딸인 리스네와 비밀을 지키겠다고 약속했다.

누구와 했든 약속은 지켜야 한다는 것이 필시아의 고집이었다.

“그러면 뭐라고 설명할래? 우리 둘이 움직인 것도 확실하게 끝내기 위해서였어. 한데 끝내기는커녕 목숨만 겨우 부지했지. 어떻게 이유를 설명하냐고.”

“후우, 모르겠다. 일단 돌아가자.”

로이스와 필시아는 절망을 느끼며 고개를 떨어뜨렸다.

실패로 인해 받게 될 추궁이 두려웠다.

그로 인해 더 두려운 것이 곁에 왔다는 사실을 미처 알아차리지 못했다.

“역시 약속을 어길 생각이군.”

“너, 너는!”

시드는 소리치는 로이스의 입을 다급히 막으며 둘에게 어깨동무를 했다.

“조용히 얘기하자고. 응?”

이빨을 드러내며 음흉한 미소를 흘리는 시드.

로이스와 필시아는 시드의 붉은 눈동자에서 알 수 없는 두려움에 몸을 떨었다.

최강의 어쌔신 집단인 검은 달!

그중에서도 특급 살수라 불리는 로이스와 필시아!

그날 태어나 처음으로 뺑을 뜯겼다…….

“후우우…….”

잠든 리스네를 뒤로한 채 여관 지붕 위에 올라간 시드는 천천히 마나 호흡법을 시작했다.

현재 시드는 호흡법을 하지 않아도 마나가 자연적으로 모이는 수준에 올라서 있었다.

그러나 마나 호흡법을 직접 하는 것만큼 빠르지 않았기에 시간이 날 때마다 꾸준히 했다.

'열심히 돈을 벌자!'

시드에게는 대륙 최고의 실력자가 되겠다는 야망은 존재하지 않았다.

그에게 있어 힘은 오로지 돈과 직결될 뿐이며, 그 돈은 살아가며 쓰기 위한 수단.

'마나스톤도 하나 사야겠어.'

그리폰과 함께 있을 때 한동안 마나스톤으로 마나의 흡수를 도왔다.

마나스톤은 자연의 마나를 머금은 돌로 등급에 따라 그 색이 나눠진다.

최상급은 빨간색, 상급은 푸른색, 중급은 노란색, 하급은 흰색이었다.

그중 상급의 마나스톤으로 실력을 쌓는 데 도움을 받았으나 그리폰이 가지고 있는 것은 하나뿐이었고, 마나스톤은 내재된 마나가 모두 사라지면 평범한 돌이 되었다.

만약 시드가 어린 시절부터 계속해서 마나스톤을 이용해 마나 호흡법을 했다면 더욱 많은 양의 마나를 보유할 수 있었을 것이다.

아침이 밝았다.

시드는 밤새 마나를 모으고 자신의 것으로 만든다고 한숨도 자지 못했다.

그렇다고 피곤한 것은 아니었다. 마탈 급에 올라서면 며칠 동안 한두 시간만 자도 몸이나 정신에 아무런 문제가 없었다.

"응?"

자리에서 일어나 몸을 풀던 시드는 여관 뒤뜰에서 수련하는 기사들을 발견했다.

그들은 각자의 방식으로 육체, 혹은 마나를 수련하고 있었는데, 그중 하품을 길게 하던 나스크와 두 눈이 마주쳤다.

"시드, 이리 와."

풀쩍! 처억!

시드는 꽤 높았지만 망설이지 않고 지붕에서 뛰어내렸다. 그러다 무엇인가를 느끼며 뒤로 몇 걸음 물러섰다.

기사들의 눈빛이 평소와 다르게 변해 있었다.

자신이 돈을 탐할 때와 다를 바 없는 눈동자!

"왜, 왜 그래요?"

시드는 떨리는 목소리로 물었다.

설마 어제 골드를 많이 벌었다고 나눠달라는 것인가? 그렇다면 내 용서하지 않을 것이다.

하지만 시드의 예상은 빗나갔다. 탐하는 것은 같다. 내용이 다를 뿐이지.

"우리 좀 가르쳐 줘라."

"예?"

"부탁한다. 강해지고 싶다."

시드는 이마를 찌푸리며 기사들을 쳐다봤다. 그들은 하나 같이 진지한 표정이었다.

아마 어제의 일이 꽤 큰 충격이었나 보다.

당연했다. 지켜야 할 이를 자신들은 지키지 못했으니.

'미안하군.'

마음 같아서는 알려주고 싶었다.

스스로의 노력으로 마나를 느끼고 발휘할 수 있는 에트 급까지 오른 이들이다.

자신이 호흡법을 비롯해 도움을 준다면 라탈 급까지도 오를 수 있을 것이다.

하나 시드는 그럴 수 없었다.

자신이 배운 검술과 마나 심법은 그리폰의 것이었고, 그가 죽으면서 후계자를 제외하고는 아무에게도 알려주지 말라고 했다.

후계자란 훗날 시드의 가족을 뜻했다.

그렇다고 그리폰처럼 자신의 마나를 나눠줄 마음도 존재하지 않았다.

마나란 현재 시드에게 있어 가장 큰 재산이며 황금 알을 낳는 거위와 다름없었다.

'검술 서적을 줄 수도 없고.'

아직 익히지는 못했지만 시드에게는 최상급의 서적이 몇 권 있었다.

그리폰이 힘겹게 구한 서적들로 유명세를 떨친 이들의 비법이 담겨 있었다.

단, 마나 호흡법의 중점인 샤리스를 제외한 검술을 익히기 위해서는 라탈 급이어야 한다고 그리폰이 말했다.

그래야 완벽한 위력을 발휘할 수 있으니.

그 이전에 익혀서는 겉만 흉내 낼 수 있을 뿐, 제대로 된 위력을 발휘할 수 없었다.

또한 샤리스의 호흡법은 에트 급의 이들이 익히기에는 무리였다. 마나를 모으는 속도가 빠른 반면 위험이 따르기 때문이다.

만약 깨달음이라도 라탈 급에 올라서 마나와 하나가 되었다면 또 모르겠지만, 그 이전에는 독이 될 요소가 적지 않았다.

한마디로 저들에게는 그림의 떡과 다름없었다.

"죄송합니다. 제 스승님과의 약속이 있어 가르쳐 드릴 수가 없군요."

"역시 그런가? 괜히 신경 쓰이게 해서 미안하다."

혹시나 시드가 부담스러워할까 봐 나스크는 밝은 얼굴로 괜찮다고 했다.

사실 검술과 마나 호흡법은 가문의 비전인 경우가 많았고, 핏줄이 아닌 이들에게 전수해 주는 경우는 드물었다.

혹여나 하는 심정에서 부탁을 했지만 그들 역시 큰 기대는 하지 않았다.

"마나를 얻으려고만 하지 말고 하나가 되도록 노력하세요. 그러면 마나는 자연적으로 흘러들어 옵니다. 또한 지금은 가르쳐 줄 수 없지만 훗날 라탈 급이 되신다면 최상의 검술 서적을 보여드리겠습니다. 단, 절대 날로 보실 생각은 하시면 안 됩니다."

뭐든지 돈으로 연결하는 두뇌!

시드는 대여료 문제를 확실하게 말하고 웃으며 돌아섰다.

저들이 발전할 수 있는 이들이라면 자신의 말에서 무엇인가를 얻게 될 것이고, 라탈 급이 된다는 조건이 붙어 있지만 두 번째 제안에도 충분히 기뻐할 테다.

그만큼 최상급 서적을 볼 수 있는 기회는 드물었다.

'당신이 보고 싶군.'

기사들과 대면을 마치고 방에 올라온 시드는 쓴웃음을 흘렸다.

문득 그리폰이 떠올랐다. 엄격했으며 자상했다.

수련을 할 때는 그 누구보다 지독하고 무서웠지만, 자신을 위해 모든 것을 희생했다. 단지 주군의 아들이라는 이유 하나로.

문득 슬픔이 밀려오고 외롭다는 생각이 들었다. 그리폰을 향한 그리움이 커졌다.

10년이란 세월을 한몸처럼 살았다.

낳은 정보다 기른 정이 더 무섭다고, 부모님도 간혹 생각나지만 그리폰만큼은 아니었다.

'그리폰……..'

시드의 우울함이 절정에 이르는 순간이었다. 리스네의 목소리가 귓가에 파고들었다.

"시드, 밥 먹자."

"응!"

어느새 기억에서 사라진 그리폰이었다.

"와, 사람들 많다."

"그러게."

시드는 리스네의 얘기에 동의를 하며 주변을 둘러봤다.

현재 일행은 식사를 마친 뒤 시드가 필요한 것들이 있다 해서 번화가를 찾았다.

사람들이 바글거렸으며 여러 가지 상점을 비롯해 먹을거리도 풍부했다.

"먼저 옷부터 사야겠어."

"응, 누나. 나도 그럴 계획이었어."

"어떤 스타일을 원해?"

"싼 것!"

일말의 고민도 없는 대답.

"후후, 시드는 정말 돈에 한 맺힌 사람 같아."

"집안이 가난했으니, 뭐. 가자."

시드는 말을 돌리며 근처 옷가게들을 둘러봤다.

귀족들이 주로 이용하는 가게도 있었고, 평민들이 애용하는 곳들도 눈에 들어왔다.

그중 시드는 평민들이 이용하는 곳으로 들어갔다.

"어서 오세요. 어머! 정말 잘생겼네. 그리고 예쁘시……."

일행이 들어가자 상인은 시드와 리스네를 보며 진심과 아부가 섞인 말을 하다가 뒤따라오는 기사들로 인해 입을 다물었다.

귀족이 이런 곳을 찾아오다니!

"무, 무엇을 드릴까요?"

상인의 말투가 변했다.

프로티아 대륙에서는 귀족과 평민의 차이가 심했다. 귀족의 심기를 건드렸다가는 무슨 봉변을 당할지 알 수 없었다.

시드가 가장 적응하기 힘든 점 중 하나였다.

"헐렁한 옷으로 원합니다. 길이도 어느 정도 남아야 합니다. 한참 성장기이니 몇 년을 입을 수 있도록. 그리고 가격도 낮아야 합니다."

시드는 자신이 바라는 것을 쉬지 않고 말했다.

　그러자 상인은 잠시 멍해 있다가 황급히 찾기 시작했다. 귀족이 저런 주문을 하는 이유를 알 수 없지만 자신이 상관할 바가 아니었다.

"시드, 돈도 많으면서 몇 년이나 입으려고?"

"옷 두 벌이면 오 년은 거뜬합니다."

"캑! 두 벌에 오 년?"

고개를 갸웃거리며 물었던 나스크는 경악을 금치 못했다.

돈독이 오른 놈이라는 것은 잘 알고 있었다. 그런데 돈이 많으면 사람의 씀씀이는 달라지는 법인데…….

"이 옷은 어떠세요?"

상인 여자가 검은색과 붉은색으로 이루어진 옷을 내밀자 시드는 몸에 한 번 대보더니 고개를 끄덕였다.

여러 가지 옷을 입어보며 고르는 것은 취미에 맞지 않았다.

"얼마죠?"

"80실버입니다."

시드의 눈빛이 날카로워졌다.

"80실버요? 한 벌에는 얼마죠?"

"4, 40실버입니다."

상인은 긴장하며 대꾸했다. 혹시 자신이 실수라도 한 것인가?

"어이가 없군요."

"네? 왜, 왜 그러신지…….

“한 벌에 40실버인데, 두 벌에 80실버라면… 한 푼도 깎아 주지 않은 것 아닙니까! 세상에! 두 개나 샀는데!”

시드는 기가 찼다.

뭐든지 살 때는 깎는다. 두 개 이상을 살 때는 더 깎는다.

한데 정가 그대로 받으려고 하다니! 깎아줘도 원가에 비하면 이득일 텐데.

“오, 오호호! 그렇네요! 어, 얼마나 깎아드려야 할지……?”

시드에게서 살기까지 풍기자 상인은 다급히 맞장구쳤다.

그 발언에 시드는 보살님처럼 환하게 웃으며 상냥하게 대답했다.

“굳이 깎아주시겠다면 거절하지 않겠습니다. 65실버 어떤가요?”

“네, 네. 65실버만 주세요.”

“으하하! 장사 잘되시기를 바랍니다!”

시드는 여관에서 나올 때 골드를 교환한 실버 열세 개를 건네며 밖으로 나왔다.

모두가 자신을 독한 놈이라 생각하는 것도 모른 채.

부들부들!

시드의 육체가 안정을 잃었다.

현재 마나스톤을 사기 위해 마법 상점에 찾아왔다. 여러 상점 중 가장 싼 곳을 찾았음에도 불구하고 350골드란다.

마나스톤이 워낙 귀하고 인위적으로 만들어지는 것이 아니기에 대단히 고가의 물품인 탓이었다.

특히 거의 발견되지 않는 최상급의 경우는 1,000골드를 넘었다.

'떨지 말자, 없어 보이잖아. 울지 마!'

시드는 스스로를 위로하며 손에 꽉 쥔 골드를 놓으려고 했다. 한데, 아무리 마음속으로 외쳐도 육체가 말을 듣지 않았다.

350골드였다. 실버도 브론즈도 아닌! 350골드였다!

단 한 번에 350골드가 사라지게 생겼다.

자신은 비싸도 100골드 정도라 예상했는데…….

"소, 손님, 우웃!"

40대의 콧수염을 멋지게 기른 주인은 시드에게 재촉을 하다가 몇 걸음 물러섰다.

시뻘겋게 충혈된 두 눈! 살기까지 흐른다!

'얼른 돈 주시죠?' 라고 했다가는 파는 입장임에도 불구하고 살해당할 것 같다!

"시드, 어, 얼른 줘야지."

시드가 한참이나 망설이자 결국 리스네가 죽음을 각오하고 나섰다.

그때가 되어서야 시드는 골드에서 손을 풀며 마나스톤을 집어 들었다.

푸른색의 빛이 은은하게 감도는 상급의 마나스톤이었다.

'투자, 투자야. 더 강해지면 훨씬 많이 뽑을 수 있다.'

시드는 마나스톤을 마법 주머니에 넣으며 스스로를 다독이며 고개를 끄덕였다.

그 모습이 미친 자를 연상하게 했다.

"이야, 부럽다."

"동감이야."

마나스톤을 사고 나오는 길에 나스크와 타렌이 진심을 담아 말했다.

돈이 많은 이들을 제외하고는 구경도 할 수 없는 것이 마나스톤이었다.

마나 호흡법에도 도움을 주지만 마법사들의 경우에는 마법을 시전할 때 속도나 마나의 소비에도 도움을 주기에 모두가 탐내는 물건이었다.

'얼른 강해지자. 그래서 350골드 이상을 뽑아내자.'

시드는 자신을 떠나간 350골드에게 묵념하며 다짐하고 또 다짐했다.

일종의 재테크였다. 강해지면 그 이상 돈을 벌 수 있으니 투자한 것이었다. 그와 더불어 마탈 급에 오르며 욕심도 생겼다.

그 누구도 올라가지 못했다는 소울 급에 도달하고 싶다.

그래서 마탈 급보다 몇 배는 더 벌고 싶다!

마나스톤은 그 길을 가기 위한 지름길이었다.

"시드, 이제 어디로 갈 거야?"

"응? 무기 상점에 가야 해."

"무기 상점? 잠깐만. 여기가 피라타지? 근처에 얘기를 들어본 곳이 있어."

"응? 어딘데?"

리스네의 말에 시드는 반색하며 되물었다. 아는 곳이라면 가격을 더 낮출 수 있다.

"가본 적은 없는데, 오래전에 집에 찾아온 프리야 공작님을 뵌 적이 있거든. 누군지 알아?"

"응. 들어본 적 있어."

시드는 고개를 끄덕였다. 그리폰에게 자주 들어본 이름이었다.

마법의 왕국 리샤르에 존재하는 두 공작 중 한 명이며 마탈급에 오른 기사였다.

마탈 급에서도 상위를 차지하는.

"그분께서 우연히 명검을 얻게 되었다고 좋아하시더라고. 알려지지 않은 가게라던데, 이 근처일걸?"

"그래?"

시드의 눈에 호기심이 일렁거렸다. 그 정도 되는 인물이 명검이라 평할 정도면 대단한 검일 것이다.

"그곳으로 갈까? 여기서 10분 정도 더 걸으면 될 듯한데."

"응. 그리로 가자!"

시드는 망설이지 않고 대답했다.

검을 하나 구입해야 했다.

그리폰이 생전 사용했던 검은 유품으로 간직하고 싶었으며, 그가 만들어준 목검은 언제 부러질지 모르는 상태였다.

자신과 실력이 비슷한 적을 만난다면 검의 성능도 중요했다. 그러니 기왕이면 좋은 것으로 사고 싶었다.

잠시 후, 시드와 일행은 낡아빠진 목적지를 발견했다.

10분이라고 예상했지만 정작 걸린 시간은 30분이 훌쩍 넘었다.

대략적인 위치만 알 뿐이었으며 알려지지 않은 곳이다 보니 찾는 데 많은 시간이 걸렸다.

'보통 이런 곳이 명품 가게지!'

겉으로 보면 허름하고 금방이라도 무너질 듯한 가게였다.

하지만 겉만 보고 속을 판단해서는 안 되는 법. 더구나 프리야 공작이 추천한 가게다.

끼이익!

시드는 있는 힘껏 문을 열고 들어갔다.

수많은 무기가 눈에 보였다. 검은 비롯해 단검, 활, 방패, 마법사들을 위한 지팡이와 로브까지.

"호오! 여기 좋은데요?"

타렌이 주변을 둘러보며 감탄한 어조로 리스네한테 말했다.

내심 불안한 마음도 있었는데 직접 와서 보니 걱정이 싹 사라졌다.

이런 곳이 알려지지 않다니?

'하여튼 욕심쟁이들이 많은 세상이군.'

시드는 이유를 파악하며 실소를 흘렸다.

자신만 독차지하거나 가까운 지인들한테만 알려줬겠지.

많은 사람이 찾아오게 되면 정작 본인들이 필요할 때 얻을 수 없는 일도 생기며 좋은 무기와 방어구들은 남에게 빼앗기면 배가 아플 테니.

"쿨럭쿨럭! 뭘 사러 왔는가?"

그때 컴컴한 안쪽에서 기침 소리와 더불어 노인의 목소리가 들렸다. 모두의 시선이 소리가 난 방향으로 향했다가 뒤로 주춤거렸다.

오우거조차 기죽게 할 만한 우람한 근육, 오크보다 흉악한 얼굴, 거인이라 불려도 될 정도의 키와 발정 난 짐승의 눈빛까지!

외형만으로도 모두를 압도할 만한 주인이 목을 풀며 서 있었다.

만약 가게가 아니었더라면 돈을 뜯으러 왔다고 오해할

정도.

"검을 보러 왔습니다."

시드가 앞으로 나서며 말했다.

"검이라? 자네들이 쓸 것인가?"

한데, 주인의 질문은 시드가 아닌 나스크를 비롯한 기사들이었다.

"제가 쓸 것인데요?"

"에? 자네가?"

그 모습에 쓴웃음을 흘리며 시드가 재차 말하자, 주인은 자신의 귀를 의심하며 되물었다.

"제가 누구와는 달리 동안이기는 하죠."

'나도 어릴 때는 동안이었거든!'

시드의 은근한 눈길에 타렌이 속으로 울컥했지만 말을 섞어봐야 자신만 손해였다.

타렌은 울분을 참으며 마법 도구들을 향해 걸음을 옮겼다. 질이 좋았다. 이 기회에 하나 살 마음이 들었다.

"내가 실수했군. 미안하네. 자, 골라보게."

그때 주인이 화끈하게 자신의 실수를 인정했다.

그러나 타렌에게서 시선을 떼고 검을 만지작거리는 시드의 표정은 밝지 않았다.

"전 이런 검들은 싫은데요?"

"뭐라고?"

주인은 예상치 못한 대답에 시드를 관찰했다.

단순한 투정인가, 아니면 소문을 들었나? 혹시 저 어린 나이에 실력자?

'마법 검이 좋다!'

주인의 추측과는 달리 시드는 단지 평범한 검이라는 사실에 불만족이었다.

기왕 사는 것, 위급할 때 도움이 되는 마법이 걸린 검을 원했다. 비록 가격은 비싸겠지만 이 역시 투자였다.

마나스톤이 힘을 키워 돈을 벌기 위한 투자라면, 마법 검은 만약의 사태를 대비해 생명을 지켜줄 보험과 같았다.

그리고 공작인 프리야가 감탄할 정도의 가게라면 숨겨진 장소가 있지 않을까 하는 생각에서 찔러봤다.

만약 정말 존재한다면 대박을 낚게 될 테니.

스윽!

주인의 강렬한 시선이 시드에게 닿았다.

얼핏 살기가 담긴 마나까지 흘러나왔다. 하지만 시드는 거센 압박에도 태연하게 주인의 눈을 마주 보았다.

'어린놈이 대단하군.'

시험을 해본 주인이 웃음을 터뜨렸다. 결정했다.

"좋다, 가자! 으하하!"

"역시 멋진 분이시군요! 으하하!"

웃음소리가 똑같은 주인과 시드.

주인은 시드에게 호기심이 생겼다. 시드 역시 마찬가지였다.

"이 꼬마만 들어갈 수 있다."

시드가 주인의 뒤를 따라 걷자 리스네와 일행은 당연히 함께 가려고 했다.

그러자 주인은 고개를 저으며 그들을 막았다. 자신이 마음에 든 이들한테만 공개하는 장소였다.

"금방 나오겠습니다."

시드는 불만과 걱정스러운 표정의 일행에게 웃으며 안심시켰고, 지하로 내려갔다.

사아아아.

문이 열리자 자욱하게 쌓여 있던 먼지가 반겼다. 그 뒤로 적은 수의 무기들이 시야에 들어왔다.

'멋지다!'

그리폰에게 이론적으로 배우기는 했지만 아직 잘 모르는 시드가 봐도 대단한 물건들 같았다.

오랜 시간 닦지 않은 것 같음에도 광채가 흘렀으며 마나도 느껴졌다.

"유명한 것들도 있고 마법이 걸린 녀석들도 존재한다. 골라봐라."

주인이 시드의 어깨를 치며 말하자, 시드는 짓궂은 표정으로 되물었다.

"잘 고르면 공짜로 주시는 겁니까?"

"죽고 싶냐?"

'체엣!'

은근히 흥정을 시도했다가 실패를 한 시드는 입술을 내밀며 무구 쪽으로 다가갔다.

'저놈 봐라?'

주인은 턱을 매만지며 무엇을 고를지 기대했다. 그런데 하필이면 저 검 앞에서 멈출 줄이야.

시드는 한 개의 검을 지그시 쳐다보고 있었다.

모든 무구들이 탐났다. 다들 값어치를 따지면 대단히 높을 듯했다. 돈! 마음 같아서는 이곳을 털어버리고 싶을 정도.

그중에서 하나를 골라야 한다는 것은 대단히 힘들었는데 마나가 자신을 불렀다.

만약 마탈 급이 되지 못했다면 느끼지 못할 정도로 미약한 유혹이었지만 시드는 확실히 느꼈다.

붉은색의 검집을 뽐내는 검이 버려진 것처럼 바닥에 아무렇게나 놓여 있다.

사용하기에는 현재의 자신에게 컸다. 하나 시드는 망설이지 않고 손을 뻗어 집은 다음 주인을 향해 고개를 돌리며 질문했다.

묘한 기운의 검이었다.

"이 검은 무엇입니까?"

"미안하지만 넌 그 검을 쓸 수 없다."

주인이 고개를 저으며 대답했다.

"왜죠?"

"그놈은 마탈 급이 되어야 뽑을 수 있다. 그 속의 악마를 사용하기 위해서는 마탈 급조차 넘어야 하고."

"호오, 마탈 급이면 뽑을 수는 있다는 거죠?"

"뭐라?"

시드는 자신만만한 표정을 지으며 마나를 개방했다.

주인의 표정이 굳어졌다. 어린 나이에 비해 대단한 놈이라는 판단이 들었다. 일부의 마나를 발휘했지만 자신의 살기도 견뎌냈으니.

하지만 에트 급으로 추측했고, 저 검을 선택한 것은 우연이라 믿었다.

저 어린 나이에 마탈 급은커녕 라탈 급도 가능할 리 없었다.

그런데 소년의 몸에서 새어 나오는 저 힘은 도대체 뭐란 말인가!

스르르룽!

"커억!"

주인은 자신의 두 눈을 의심했다.

검을 뽑았다. 라탈 급은 아예 뽑을 수도 없으며, 뽑아본 한 명의 마탈 급은 불길하다며 쓰지 않았던 그 검을 뽑았다.

"좋네요."

시드는 검을 높이 치켜들며 말했다.

자신의 눈과 머리카락처럼 새빨간 검신과 검날. 또한 마탈 급 이하는 쓸 수 없다는 점도 마음에 들었다.

그 사실만으로도 손에 들린 검은 분명 대단한 놈일 테니.

"네놈의 나이가 몇이지?"

"열 살입니다."

"열 살? 열 살에 마탈 급? 으하하! 대륙이 기절할 일이군!"

"으하하! 제가 좀 잘났습니다!"

"그런 것 같구나."

"보시는 눈이 탁월하시군요."

호흡이 척척 맞는 시드와 주인!

"그런데 이 속에 악마가 있다고요?"

시드가 주인이 한 말을 떠올리며 묻자, 주인은 급하게 진지한 포스를 찾으며 대답했다.

"악마가 잠자고 있지. 플루닉이라는."

"플루닉!"

시드는 저도 모르게 소리쳤다. 플루닉! 잊을 수 없는 병기였다.

자신의 아버지인 세이드 웰 백작이 플루닉을 만들기 위해 막대한 돈을 투자했다가 실패와 함께 집안을 말아먹지 않았는가!

현재는 존재하지 않는 드래곤의 마법과 지식으로 만들어진 지상 최강의 금속 병기.

“자세한 얘기를 들을 수 있을까요?”

시드가 바로 옆에 앉으며 진지한 어투로 묻자, 주인은 호탕한 웃음과 함께 고개를 끄덕였다.

그리고 시드는 들을 수 있었다.

대륙의 전설과 함께 숨 쉬는 어둠의 전설을.

CHAPTER 03
새로운 돈줄

"뭐냐?"

조금 전 하녀와 관계를 끝내고 그녀의 새하얀 알몸을 감상하고 있던 리메토는 짜증난 어투로 말했다.

그 옆에는 한 남자가 서 있었는데 눈을 제외한 모든 부분을 검은 옷과 복면으로 가리고 있었다.

"실패했습니다."

"뭐라고?"

리메토는 다급히 몸을 가리고 있는 하녀를 밀쳐 내며 자리에서 일어섰다.

실패? 자신의 귀에 문제가 생겼는지 의심이 들었다.

“다시 말해보아라.”

“실패했습니다.”

챙그랑!

침대 옆에 놓인 술잔을 세차게 집어 던지는 리메토.

“장난하느냐? 천 골드를 썼다! 그런데 실패했다고? 정말 죽고 싶으냐!”

리메토의 거침없는 발언에 남자는 미간을 찌푸렸다.

하나 복면 밖으로는 드러나지 않았고, 남자는 정중하게 고개를 깊이 숙였다.

마음에 들지 않지만 리메토는 고객이었다.

“마탈 급의 인물이 있었습니다.”

“마, 마탈 급?”

리메토는 오늘 믿기 힘든 말을 많이 듣는다고 생각했다.

검은 달이 실패한 것도 어이가 없는데 마탈 급이라니?

“설마 프리야나 아폴레가 함께 동행했다는 말인가? 그 둘을 제외하고 리스네와 친분이 있는 마탈 급이 또 있단 말이냐? 그것도 아니면 마탈 급을 고용이라도 했…….”

“경호를 하는 것이 맞는 듯합니다. 수하들 얘기에 의하면 돈을 준다고 했다더군요.”

“하하, 하하! 재미있군. 마탈 급이 돈을 받고 백작의 딸을 경호한다라?”

리메토는 박수까지 치며 웃었다. 하지만 그의 눈빛은 차가웠다.

"사실만 말할 뿐입니다."

리메토의 얼굴이 험상궂어졌다.

천 골드는 개 이름이 아니었다. 그러나 리스네가 죽을 경우 그와 비교가 되지 않는 금액이 수중에 떨어지기에 투자했다. 그런데 일이 엉망으로 뒤틀어졌다.

마탈 급, 마탈 급이라…….

믿을 수는 없지만 검은 달에서 거짓말을 하는 것은 아닐 것이다.

"그러면 포기하겠다고 찾아왔나?"

마땅한 대책이 없자 리메토는 이마를 부여잡으며 물었다.

"아닙니다!"

남자는 단호하게 고개를 저으며 소리쳤다.

이 세계에서 임무를 실패했다는 것은 신용도의 하락으로 나타난다.

상대가 마탈 급이 아닌 왕이라 할지라도 계약한 임무는 해결해야 했다.

"그를 보낼 계획입니다."

"그라면 설마……."

리메토는 누군가를 떠올리며 남자를 쳐다봤다.

"그렇습니다."

"그렇군. 기대하겠다. 절대 천 골드를 회수하게 하지 않도록 해라. 네놈들 집단의 명예도 지키고 말이다.”

그때서야 한시름 놓은 리메토는 으름장을 놓았다. 그 발언에 남자는 주먹을 불끈 쥐었다.

건방진 놈. 백작의 버려진 아들이 돈 하나 믿고 검은 달을 무시하다니.

‘언제까지 웃을 수 있는지 두고 보자.’

남자는 속내를 티내지 않으며 리메토에게 고개를 숙인 뒤 유령처럼 사라졌다.

그러자 리메토는 짜증난 얼굴로 하녀를 재차 불러 옷을 벗겼다. 화가 나고 기분이 좋지 않을 때는 여자를 품으며 해소하는 그였다.

‘리스네, 난 네년을 보고 싶지 않다. 재산과 플루닉은 나의 것이다.’

리메토가 이토록 집착하는 이유는 바로 플루닉 때문이었다.

가문 대대로 내려오는 최강의 병기!

단, 발동 조건이 까다로워 오랜 시간 잠들어 있었는데 굳이 깨우지 않더라도 팔 수 있었고, 그 가격이 어마어마했다.

절대 양보할 수 없었다. 죽어도 말이다.

“그는 자존심이 강했다. 그만큼 질투심도 만만치 않았지. 아니, 한편으로는 이해가 되기도 한다. 세상은 1등만 기억했으니 말이다.”

검을 구입한 다음 하루 종일 이동하다가 새로운 여관을 잡고 모두가 잠든 시간, 시드는 지붕 위에 올라가 마나 호흡을 하며 주인의 말을 떠올렸다.

"같은 시대에 천재가 두 명이나 탄생한 일은 축복이자 비극이었지. 그는 아무리 노력해도 전설이라 불리는 피레트를 따라잡을 수 없었다. 언제나 한발 늦게 성장했고, 모든 이의 관심은 피레트에게 향했지."

주인은 그 부분에서 길게 한숨을 쉬었었다.

"그는 피레트가 싫었다. 원망스러웠다. 피레트만 없었더라면 자신이 그 자리에 설 수 있을 테니 말이다. 그러다 피레트가 소울 급이라는 경지에 올라섰을 때 그는 사라졌다. 그 누구도 그의 흔적을 찾을 수 없었다. 오랜 시간이 흐르고 마족들이 등장했다. 마족들은 몬스터들을 자신의 수하로 만든 다음 인간들과 전쟁을 시작했다. 그때 그가 나타났지. 마족들을 이끄는 군장으로."

'어둠의 전설이라……'
주인은 확인이 불가능하지만 그 역시 소울 급에 올랐을 것이라 추측했다.

기록에 의하면 인간들과 마족의 전쟁 때 그는 피레트와 대등하게 힘을 겨루었다고 적혀 있으니.

'플루닉, 내가 느껴지나?'

주인의 얘기를 되새김질한 시드는 검을 만지며 마나를 불어넣었다.

아직은 아무런 반응도 나타나지 않았다. 하지만 시드의 입가에는 만족의 미소가 새겨졌다.

자신의 손에 들린 이 검이 바로 어둠의 전설이라는 그가 사용했던 무기였으며, 마탈 급 플루닉인 다크 플루닉이 잠들어 있었다.

'으하하! 조금만 더 자고 있어라. 내가 곧 깨워줄 테니.'

대륙의 원흉이라 불리는 그이기도 했지만 시드는 아무런 상관이 없었다.

단지 구하려고 해도 구할 수 없는 검을 얻은 사실만이 중요했다.

더군다나 공짜로 얻었다. 시드에게 있어 가장 중요한 부분.

'마탈 급 플루닉! 가격이 어마어마하겠군.'

인간의 힘으로는 만들 수 없다 보니 그 수가 한정되어 있었다.

대륙 전체에서도 520기 정도밖에 존재하지 않으며 급이 낮은 플루닉이 대다수였다.

플루닉의 급은 이트 급부터 마탈 급까지 존재했다. 그중 마탈 급이라 알려진 플루닉은 대륙에도 세 기밖에 없었다.

'팔 수 없다는 것이 아쉽군.'

무엇이든지 돈으로 먼저 연결하는 가치관!

처음에는 팔려고 생각했으나 곧 생각을 접었다. 바로 플루닉을 사용하기 위한 조건 때문이었다.

조건은 두 개였는데 플루닉보다 소환자의 능력이 최소 한 단계는 높아야 하며, 각 급에 따른 마나스톤이 필요했다.

다크 플루닉은 마탈 급이었다. 즉 소환자는 소울 급이어야 한다는 것.

그러니 누가 사겠는가? 소울 급이 존재하지 않는데. 다만 언제든지 소울 급이 나타나고 가격대만 맞는다면 팔 계획이었다.

처어억!

시드는 지붕 위에서 내려와 마법 주머니에서 서적들을 꺼냈다.

그리폰이 죽기 직전에 받았지만 그의 마나와 융합되는 일이 급선무였고, 그 과제를 끝내고 마탈 급이 된 다음에는 바로 산에서 내려왔기에 아직 보지 못했다.

시드는 네 권의 책을 바라보며 기억을 더듬었다.

서적들에는 각자 인정받던 호흡법이나 검술이 적혀 있었다.

먼저 라탈 급이었지만 마나만큼은 마탈 급과 맞먹었다고

알려진 샤리스의 마나 호흡법을 펼친 다음 익히기 시작했다.

'대단하군.'

시드는 감탄을 금치 못했다.

그리폰의 호흡법보다 월등하지는 않았어도 마나가 모이는 속도가 더 빨랐다.

손에 쥐인 마나스톤이 빛을 발했다. 발하면 발할수록 마나가 모이는 속도와 양이 빠르고 많아졌으며 시드는 행복에 젖었다.

하나 달콤함은 금세 사라졌다.

'뭐, 뭐지?'

두근두근 심장이 먼저 반응했다.

시드는 오싹함을 느끼며 눈을 뜨고 고개를 들었다.

그곳에는 한 남자가 웃는 얼굴로 서 있었다.

'이 사람, 강하다.'

굳은 얼굴로 천천히 자리에서 일어선 시드.

그 와중에 손은 빠르게 움직여 마나스톤을 주머니에 집어 넣었다.

350골드짜리였다. 절대 남에게 보여서는 안 된다. 탐낼 수 있으니.

"크큭, 또 보네?"

"어? 당신은?"

시드는 낯익은 목소리와 외형에 기억을 더듬었다.

저녁에 방을 잡고 1층에서 밥을 먹을 때였다. 곁에서 소란스럽게 떠들다 자신들한테 말을 건 남자가 있었다.

짧은 금빛 머리카락과 눈동자, 우람한 체격에 등에 멘 커다란 검. 바로 그였다.

"무슨 일이시죠?"

시드는 내심 모르는 체하며 태연한 얼굴로 물었다. 하지만 손은 검에 가 있었다.

아무리 마나 호흡 중이었다 하지만 지척까지 다가왔을 때도 전혀 기척을 느끼지 못했다.

적어도 자신보다 낮은 상대는 아니라는 뜻이다.

"크큭. 원하지 않은 임무를 맡아서 말이야. 여자랑 아이를 죽이는 것은 정말 싫은데, 나보고 하라네?"

"아하, 원하지 않으면 굳이 안 하셔도 되는데."

시드는 등 뒤에서 식은땀이 흘렀지만 천진난만하게 대꾸했다.

그 모습에 남자는 익살스러운 표정을 지으며 고개를 저었다.

"그러면 두목 놈이 귀찮게 굴어. 그런데 놀라워. 정말 너처럼 어린 애가 마탈 급일 줄이야. 난 그 둘이 미쳐서 헛소리하는 줄 알았는데."

"세상은 원래 놀라운 법이죠."

"그런가? 하여튼 자리나 옮기자. 여기서 놀았다가는 사람들이 몰려올 테니. 아, 맞다. 잊어먹을 뻔했네. 두목이 너, 우리 편으로 만들면 좋겠다던데, 생각있냐?"

"싫습니다."

시드는 단호하게 거절했다.

어쩌면 죽을지도 모르는 상황. 만약 편이 된다면 더 큰돈을 만질 수도 있을 테다. 하지만 저 조직은 사람을 죽이는 곳이었다.

돈에 환장한 자신이라 할지라도 다른 이의 목숨을 빼앗으면서 벌고 싶지는 않다.

"이런, 안타깝네. 네 나이에 마탈 급이면 미래가 기대되는데 오늘 죽게 되었으니."

짓궂게 농처럼 말했지만 진심이었다.

그러나 기세에서 밀릴 시드가 아니었다.

"으하하! 아쉽군요."

"응? 뭐가?"

"오늘로서 늙은 마탈 급 한 명이 뒈지게 생겼으니깐."

"뭐? 크큭! 너 정말 재미있는 놈인데? 얼른 가자. 실력도 재미있는지 확인해 보고 싶어."

"그러죠."

피할 수 없는 싸움.

시드는 결국 그를 따라 움직였다.

'더 이상 뜯어내기는 무리일 텐데…….'

마을 뒤편에 위치한 산에 오르며 시드는 고민에 잠겼다.

목숨이 위태로운 이 와중에도 돈 고민이 우선!

아무리 부자라 소문이 자자한 리스토 백작가의 딸이라 할지라도 벌써 자신에게 줘야 할 돈만 1,200골드였다.

더 뜯어내자니 제아무리 양심에 털 난 자신이라 할지라도 찝찝함이 느껴졌다.

'그래도 상대는 마탈 급. 공짜로 넘어가 줄 수는 없지. 이번 일은 마나스톤으로 대신 받자.'

전에 얘기를 나누다 저택에 마나스톤이 몇 개 있다는 사실을 들은 적이 있다.

"내 이름은 카란이다. 잘 부탁한다."

"시드입니다."

넓은 공터와 같은 곳이 나오자 카란이 등에 찬 흑빛의 커다란 검을 뽑아 들며 말했다.

시드 역시 생각에서 벗어나며 소개와 함께 붉은색 검을 힘주어 쥐었다.

스르릉!

좋은 진동이 몸에 퍼졌다.

'정신이 흐트러지면 죽는다.'

언제나 장난기가 가득한 시드의 눈빛이 돌변했다.

그리폰에게 배운 것 중 하나가 절대 전투 중에는 딴생각을 하지 말라는 것이었다.

설령 자신보다 약한 상대라 할지라도 말이다.

"간다?"

카란이 여유롭게 웃으며 말한 그때였다.

'큭, 뒤!'

시드는 다급히 몸을 뒤틀며 검을 뒤로 휘둘렀다.

챙강!

묵직한 느낌이 검을 통해 전해졌다.

찰나였다. 말이 끝나자마자 카란은 어느새 등 뒤에 도달해 있었다.

'찌릿하군.'

한 번의 일격을 나눈 후 시드는 뒤로 물러섰다.

손목이 저렸다. 위에서 내리치는 거대한 검의 힘을 그대로 받은 탓이다.

"에이, 뭐야? 제대로 하자."

"거, 좋죠."

카란이 시시하다는 듯 말하자 시드는 실소와 함께 자신의 모든 힘을 개방했다.

파아앗!

시드의 전신에서 빛의 아지랑이가 피어올랐다.

그 기운에 카란 역시 여유를 버리며 자신의 마나를 최대치로 사용했다.

둘의 신형이 서로를 향해 돌격했다.

"이야, 꽤 하는데?"

"누가 할 말을!"

빠르게 달려가 아래에서 위로 베어버린 시드와 칼의 방향을 뒤틀며 옆면으로 막아버리는 카란.

서로의 힘이 부딪칠 때마다 대지가 흔들렸다.

"오랜만에 재미있는데!"

짧은 순간 수십 번이나 검을 나눈 카란이 말하자 시드는 동감했다.

둘은 지금 이 순간 희열을 느끼고 있었다.

카란은 원래 싸움을 좋아했으나 적수가 없었다. 시드는 마탈 급이 된 이후 처음으로 마탈 급과 목숨을 건 사투였다.

이때까지는 자신들보다 약한 몬스터나 이들만 봤다.

하지만 눈앞에 있는 상대는 긴장감을 증폭시켜 주며 최선을 다하게 만들었다.

죽음의 그림자보다 더욱 짙은 힘의 본능.

'인간이 강해지는 것은 한계를 넘어설 때다.'

그리폰의 말이 떠올랐다. 시드는 이빨을 드러내며 웃었다.

극한의 힘을 끌어내겠다. 그래서 더욱 성장하겠다.

콰아앙! 드드득!

지면은 이제 흔들리는 것을 넘어 금이 가고 벌어졌다.

그만큼 쉽게 일어나지 않는 마탈 급과 마탈 급의 대결에서 발생하는 마나의 폭발은 무시무시했다.

촤아악!

시드의 오른쪽 볼에 선이 생기더니 피가 솟구쳤다.

카란의 베기를 다급히 피한다고는 했지만 스쳤다.

"갚아드려야겠죠!"

"어어, 이놈이 잔기술을!"

카란은 당혹스러움과 함께 검을 지면에 꽂았다.

시드가 마나를 응집한 뒤 단번에 터뜨리자 수십 개의 반월 형태의 기운이 쇄도한 탓이다.

그러나 시드의 뜻대로는 되지 않았다.

'치이, 별 기술을 다 쓰는군.'

시드는 인상을 일그러뜨렸다.

카란이 바닥에 검을 꽂고 마나를 주입하자 땅이 솟구치며 벽을 쌓았다.

그래서 자신의 공격은 무위로 돌아갔다.

"야! 네놈의 스승이 누구냐?"

"알아서 뭐 합니까?"

시드는 뜬금없는 소리에 까칠하게 대답했다.

"크큭, 궁금해서 그렇다. 응? 제발 가르쳐 주라."

카란의 끝없는 질문 공세. 결국 시드는 그가 원하는 답을 건넸다.

"그리폰입니다."

"에에? 그리폰?"

시드의 두 눈이 번뜩였다.

무슨 이유인지는 모르지만 그리폰의 이름이 거론되자 카란이 당황했다. 시드는 그 기회를 놓치지 않았다.

"야! 반칙이잖아!!"

옆구리에 시드의 검이 스쳐 지나가자 카란이 인상을 찡그리며 소리쳤다.

"애도 아니고 싸우는 와중에 반칙 따지기는."

"으윽! 오냐, 너 오늘 죽어봐라!"

'크윽.'

목숨을 걸고 싸우는 것인데도 마치 장난처럼 검을 나누는 시드와 카란.

하지만 곧 시드의 입가에서 웃음이 사라졌다.

화가 났는지 카란의 검에서는 지금까지와는 질이 다른 마나가 솟구쳤다.

"막으면 네가 이긴 것이고 못 막으면 죽는다."

카란이 자신만만하게 말했다. 그런 카란의 검에서는 마나의 빛이 소용돌이 치고 있었다.

'그리폰, 힘을 빌려줘!'

시드는 그리폰이 알려준 기술 중 가장 파괴력이 뛰어난 놈을 떠올렸다.

어쩌면 지금의 상황은 자신에게 좋았다.

실전 경험에서 카란과 비교가 되지 않기에 차라리 한 방 싸움으로 끝내는 것이 득이었다.

　문제가 있다면 카란이 마나 역시 우월하다는 점이었지만 물러설 수 없었다.

　시드는 그리폰을 믿었다. 그와 그의 검술은 강했다. 자신에게 전수된 이후로는 한 단계 더 높아졌다.

　파앗!

　시드의 검에서도 눈이 부신 빛무리가 형성되었다.

　바뀐 검 탓인지 마나의 색이 이전과는 달리 붉은빛이었고 불꽃처럼 타올랐다.

　둘의 주변으로 바람이 휘몰아쳤다. 일촉즉발의 상황!

　그때 강한 바람이 둘을 감싸고 지나갔다. 그것이 신호라도 된 듯 시드와 카란은 젖 먹던 힘까지 끌어올리며 검을 휘둘렀다.

　"어디 한번 막아봐라!!"

　검은빛의 돌풍이 시드를 향해 무서운 기세로 접근했다.

　"전 죽을 수 없습니다! 세상에는 돈이 많으니!"

　시드의 검이 사선으로 그어졌다.

　붉은빛의 마나가 용의 형상으로 돌변하더니 돌풍을 집어삼키기 위해 아가리를 벌렸다.

　콰아앙!

　둘의 마나가 허공에서 폭발을 일으켰다.

두 마탈 급의 힘은 상상을 초월했다.

마지막 힘겨루기로 주변은 알아볼 수 없을 만큼 모습이 바뀌어 있었다.

모든 것이 부서진 그 위로 시드는 엎어져 있었다.

번쩍!

20여 분의 시간이 지났다. 정신을 잃었던 시드가 눈을 떴다.

"으윽!"

깨어난 시드는 손으로 몸을 부여잡았다. 전신에서 통증이 느껴졌다.

그리폰에게 그토록 수련이라는 이름으로 맞고, 마탈 급이 되며 육체가 더욱 월등해졌지만 한계는 존재했다.

'살아 있구나……'

아픔에 괴로워하던 시드는 쓰게 웃으며 안도의 숨을 쉬었다. 아픔이 느껴진다는 뜻은 저승이 아니라는 얘기였다.

'위험했어.'

모든 마나를 소비한 힘과 힘의 대결에서 자신이 패배했다. 폭발은 카란도 같이 덮쳤지만 부딪치는 순간 느낄 수 있었다.

살아 있는 것 자체가 천운이었다.

'카란은? 컥!'

문득 카란이 떠오른 시드는 자리에서 벌떡 일어섰다가 통증에 눈물을 찔끔거린 뒤 주변을 확인했다.

자신이 살아 있다면 분명 카란도 죽지 않았을 것이다.

지글지글!

그때 무언가를 굽는 소리와 함께 맛있는 냄새가 귀와 코를 자극했다.

격렬한 전투를 해서인지 배가 많이 고팠다. 자연스럽게 시드의 시선은 냄새의 진원지를 찾았다.

그리고 카란을 발견했다.

"여, 일어났구나?"

카란은 상처투성이지만 그래도 시드보다는 멀쩡한 상태로 먹음직스러운 고기를 굽고 있었다.

"배고프지? 얼른 와라."

쪼르르!

카란의 손짓에 시드는 고민할 겨를도 없이 달려갔다.

조금 전까지는 살아남기 위해 싸운 상대이지만 그 점은 중요하지 않았다.

세상에서 두 번째로 좋은 사람은 돈 주는 사람이었고, 세 번째가 밥 주는 사람이다.

물론 첫 번째는 돈과 밥을 모두 주는 사람이다.

"크큭. 이 자식, 식성도 좋네?"

몬스터보다 빠른 속도로 먹어치우는 시드를 보며 카란이 말했다.

"많이 먹어야 빨리 크는 법입니다."

입안 한가득 고기가 찬 상태에서 대답을 하는 시드. 그러면서 손은 누구보다 빠르게 고기를 집고 있다.

워낙 굶주린 생활을 오래하다 보니 항상 입안에 음식이 있어도 양손은 본능적으로 넣을 준비를 하는 것이다.

"너, 몇 살이야?"

"열 살요."

"캑! 왜 그렇게 삭았냐? 난 열다섯 살 정도로 봤는데."

"성장이 좋은 것이지 삭았다니요?"

카란의 진심 어린 말에 시드의 눈빛이 날카롭게 빛났다.

전생 때, 못난 얼굴에다 고생을 많이 하다 보니 항상 나이보다 늙어 보였다.

주변에서도 노안이라는 말을 자주 했다. 그래서 늙어 보인다는 얘기에 까칠했다.

"그, 그래, 성장이 남다르구나."

"그렇죠?"

시드가 묵직한 살기까지 내뿜자 카란은 다급히 말을 바꿨다.

그 후, 피식 웃더니 기지개를 길게 켜며 얘기했다.

"오늘 대결은 내가 졌다."

"그렇죠. 네?"

고기에 정신이 팔려 무성의하게 듣던 시드는 놀라며 되물었다.

누가 뭐라 해도 자신의 패배였다. 살아 있는 것도 감사할 따름이다. 그런데 졌다니?

자신을 죽이지 않고 고기를 굽고 있었던 점도 이해가 되지 않는데.

"크큭. 그렇게 놀라지 않아도 돼. 단지 궁금할 뿐이다. 열 살에 마탈 급에 오른 놈이 어디까지 성장할 수 있을지를. 그러니 지금 죽여 버리면 아쉽잖아? 어쩌면 전설이나 다름없는 신의 영역에 오를지도 모르는데. 야, 훗날 소울 급이 되어도 잊지 마라. 네 목숨, 내가 살렸다는 것을."

카란의 강조에 시드는 고마움을 느끼며 세차게 고개를 끄덕였다.

잊을 수 없다. 만약 카란의 배려가 아니라면 자신은 재차 저승사자와 만났을 테니.

"그런데 어떻게 열 살에 마탈 급이 되냐? 난 서른 살에 올라서고 천재 소리를 들었는데."

"저기… 몇 살이신지……?"

"나? 서른다섯 살이다. 동안이지?"

"으하하! 전 마흔다섯 살로 본… 이 아니고 스물다섯 살인 줄 알았습니다."

카란이 웃는 얼굴로 검을 집자 황급히 말을 바꾸는 센스!

카란은 그런 시드가 귀여운지 볼을 꼬집으며 새로운 사실을 알려줬다.

“너를 살려준 다른 이유도 있다.”

“어떤?”

“나의 마나 호흡법은 그리폰이 가르쳐 줬다. 함께 지낸 시간은 길지 않았지만 나에게는 스승과 다름없는 사람이지.”

“그리폰?”

시드는 자리에서 벌떡 일어섰다.

검을 섞을 때 왠지 낯익은 검술이라고 느꼈다. 하지만 그리폰의 제자라고는 생각하지 못했다.

“정식 제자는 아니고 싫다는 것을 내가 지독하게 따라다녔지. 나중에는 똥 쌀 때도 내가 곁에 있으니 죽이지는 못하고 결국 가르쳐 주더라. 내 재능과 의지를 썩히기 아까워서 어차피 가르쳐 주려 했다고 훗날에 말하기도 했지만.”

“그랬군요.”

시드는 고개를 끄덕였다. 놀라운 우연이자 인연이었다.

“그런데 넌 왜 자꾸 스승을 이름으로 부르냐? 나이도 어린 놈이! 스승은 잘 계시냐?”

카란의 농 섞인 질책과 질문에 시드는 씁쓸히 웃으며 리스네에게도 말하지 않은 사실을 밝혔다.

부모님이 도망가셨고, 그리폰이 죽었다는 사실도.

그리폰의 제자이고 자신을 살려준 카란에게 숨길 이유가 없었다.

“그렇군.”

애기가 끝나자 카란은 쓴웃음을 지으며 하늘을 바라봤다.

그는 입술만 움직이며 하늘을 향해 무엇인가를 말했다.

아무래도 그리폰을 향한 듯했다.

"이만 가봐야겠다."

한참이나 하늘에서 시선을 떼지 못하던 카란이 일어섰다.

"검은 달은 이 임무에서 손을 떼지 싶다. 내가 졌으니 끝난 것과 다름없거든. 물론 플루닉을 내밀면서 재출동시키려 하겠지만 내가 잘 설득하마. 크큭."

플루닉은 대부분 왕궁에서 보유하고 있지만 귀족들이나 여러 집단에서도 소량 보유하고 있었다.

"그러면 금전적 손해를 보지 않나요?"

시드가 미안한 표정으로 묻자, 카란은 남의 일인 듯 아무렇지도 않게 대답했다.

"괜찮아. 아우를 위해서 그 정도 돈 희생 못하겠냐? 컥! 너 왜 우냐?"

지이잉!

감격을 받은 시드의 두 눈이 충혈됐다.

자신을 살려준 것도 모자라 돈까지 포기하다니?

아아! 이 얼마나 아름답고 듬직한 사람인가!

지금 이 순간만큼은 카란이 동안에 꽃미남처럼 보였다.

"이상한 놈이네? 하여튼 앞으로 날 보면 형님이라 해라. 아 참, 네 부모님, 내가 찾아볼까?"

"그래 주시겠어요?"

갑작스런 호의에 시드는 반색했다.

"뭐, 나는 시키기만 하면 되니. 그런데 너무 들떠 있지는 마라. 스승도 찾지 못할 만큼 잠적했다면 쉽지는 않을 거야."

"네, 알겠습니다!"

힘차게 대답하는 시드를 보며 카란은 몸을 돌렸다.

"아, 형님! 잠시만요!"

"에? 왜?"

떠나려는 카란을 시드는 다급히 붙잡았다. 가장 중요한 뒤처리를 하지 않았기 때문.

시드는 마법 주머니에 손을 넣어 한참 무언가를 찾더니 음흉한 웃음과 함께 의아해하는 카란에게 내밀었다.

"도대체 어디로 갔지?"

"그러게 말입니다. 돈도 안 받은 상황에서 그냥 사라질 놈이 아닌데."

타렌과 기사 한 명이 대화를 주고받았다.

현재 리스네 일행은 발칵 뒤집혔다. 시드가 사라졌기 때문이다.

처음에는 밖이나 화장실, 혹은 식당에 있는 줄 알았다. 하지만 근처를 다 찾아봐도 시드를 볼 수 없었으며 사람들에게 물었지만 기대한 답을 듣지 못했다.

만약 그들의 실력이 라탈 급만 되어도 시드의 싸움을 알아
차렸을 것이다.

그러나 거리도 가깝지 않았고 잠을 자고 있었기에 눈치를
못 챘다.

"아가씨!"

그때 밖을 찾아보던 나스크가 소리를 지르며 방문을 힘차
게 열었다.

타렌의 곁에서 고민에 잠겨 있던 리스네가 기대감 어린 눈
으로 그를 쳐다봤다.

꼭 찾아야 했다. 자신의 목적을 위해서는 시드가 필요했
다.

"보셨어요?"

"후우, 아니요. 그런데 이상한 얘기를 들었습니다."

나스크는 숨을 정리하더니 상황을 보고했다.

"어떤 얘기요?"

"새벽쯤 뒷산에서 큰 폭발이 몇 번 일어났다고 합니다. 그
래서 무서워 가지 못하던 주민들이 잠잠해진 지금 구경하러
가더군요."

"그래요?"

리스네는 입술을 만졌다. 생각할 때 나타나는 버릇이었다.

"얼른 가보죠."

분명 폭발의 주인공은 시드다. 자신들이 잠든 사이 살수가

찾아온 것인지도 몰랐다. 한데 아직도 돌아오지 않고 있다면 무슨 일이 생겼을 수 있다.

"알겠습니다!"

리스네의 명에 타렌은 황급히 방문의 손잡이를 잡았다.

그와 동시에 안쪽으로 거칠게 열리는 문.

"커어억!"

문을 열려다 말고 코를 박은 타렌은 주저앉았다.

그때 낯익은 목소리가 들렸다.

"영감, 거기서 뭐 하슈?"

"으윽, 네놈이 문……."

"누나, 잘 잤어?"

말을 걸어놓고 대답도 듣기 전에 무시하는 밉상 강림!

타렌은 아침부터 혈압이 끓어오르는 것을 느끼며 뒷목을 붙잡았다.

하지만 사라졌던 시드의 등장으로 아무도 신경 쓰지 않았다.

"도대체 무슨 일이 있었던 거야?"

리스네는 시드를 침대에 앉히며 속으로 안도의 한숨을 쉬었다. 그리고 걱정스러운 눈길로 시드의 곳곳을 확인했다.

시드의 몰골은 말이 아니었다.

새로 산 붉은 옷은 걸레가 되었다. 곳곳에 상처와 출혈도 있었다.

"일단 치료 좀 해줘."

리스네가 안쓰러움을 담아 묻자, 시드는 씨익 웃으며 부탁했다.

고기를 먹어 배는 채웠지만 몸의 통증은 여전했다.

"그래, 그래."

시드의 말에 리스네는 치료 마법을 시전했다.

열여섯 살이라는 어린 나이에 비해 에트 급의 천재적인 실력을 갖춘 그녀였다.

시드의 상처가 조금씩 모습을 감췄다.

다만 내상은 리스네의 실력으로는 회복시키기 힘들었지만, 시드는 큰 걱정을 하지 않았다.

며칠 마나 호흡법을 하면서 스스로 치유할 수 있는 정도였다.

"으랏차! 이제 좀 살 것 같네."

외상이 사라지자 시드는 기지개를 켜며 밝은 얼굴로 말했다.

그 후 모두를 둘러보더니 새벽에 있었던 일을 상세하게는 물론이며 과장까지 덧붙여 알려줬다.

"카, 카란이 나타났다고?"

얘기가 모두 끝나자 평소 잘 흥분하지 않는 리스네가 말을 더듬었다.

카란은 대륙에서도 손꼽히는 마탈 급의 존재였으며 검은 달 최강의 사내였다.

“즉, 카란을 이겼다는 말이냐?”

타렌이 두 눈을 크게 뜨고 묻자 시드는 실소를 흘렸다.

“이겼으니 돌아왔지 않습니까?”

“그, 그렇구나. 그리고 다행이야. 카란이 너와 있는 동안 다른 살수들이 왔더라면…….”

“그런 짓을 할 사람이 아닙니다.”

시드는 카란을 옹호했다.

사실 돌아오는 길에 자신도 잠깐 했던 걱정이다. 하지만 카란을 믿었다.

직접 찾아와 일대일 대결을 요구하고, 손해를 감수하며 자신을 살려준 이다.

절대 그런 꼼수를 부릴 위인이 아니었다. 아니, 검은 달에서 그렇게 한다 해도 허락하지 않았을 테다.

“자, 이제 계산을 해볼까요?”

사정 설명을 마치고 시드는 실실 웃으며 본론을 꺼냈다.

‘이 돈독 오른 놈!’

리스네는 치가 떨렸다.

시드와 계약을 할 때만 해도 이 정도는 생각하지 않았다.

물론 자신에게 위험이 닥쳐서 늘어난 것이기는 하지만 벌써 들어간 돈이 얼마인가?

그러나 이제 와 물리기에는 들인 돈이 너무나 아까웠다.

또한 훗날 시드의 이용 가치를 생각하면 오히려 약소한 금액이었다.

"후후, 그래. 계산해야지."

"잠깐! 네놈이 카란을 이겼다는 사실을 어떻게 믿느냐? 우리는 보지 못했지 않은가! 혹시 놀다 와서 거짓말을 하는 건지도 모르지 않느냐!"

마음과는 달리 상냥하게 웃으며 대답한 리스네와 달리 타렌은 쉽게 줄 마음이 없었다.

설령 진실이라 하더라도 어떻게든 흠집을 잡아야 한다.

그래야 가격을 깎을 수가 있다.

'멋져요!'

리스네는 시드 몰래 주먹을 불끈 쥐었다. 타렌을 응원하는 것이다.

'이것 봐라?'

타렌의 태도에 시드는 정색했다.

"영감, 나 다친 것 안 보이슈?"

까칠하게 나오면 삐딱하게 맞받아치는 시드.

"혼자 자해를 하고 온 것인지도 모르지. 다치면 다 카란이랑 싸운 거냐? 나도 코가 다쳤으니 카란한테 맞은 거구나? 그러니 증거를 대거라."

"오호, 그러슈? 그동안의 정을 생각해 100골드만 받으려고 했더니 200골드로 추가. 증거만 있으면 된다 이거유?"

시드가 오히려 당당하게 맞받아치자 타렌은 불안함을 느

졌다.

"그, 그래!"

"으하하! 그럼 이걸 보시구려."

말이 끝남과 동시에 마법 주머니에서 무엇인가를 꺼내는 시드.

그것은 글이 적힌 새하얀 종이였다.

"이게 뭐… 컥!"

가까이 다가가 글을 읽던 타렌의 외마디 비명에 리스네와 나스크의 시선이 종이로 향했다. 그리고 그들 역시 기겁을 금치 못했다.

종이에는 대결에서 졌다는 카란의 자필이 적혀 있었다.

만약 글만 있었더라면 억지를 부릴 수도 있었다.

이제는 그럴 수도 없게 되었는데, 바로 큼직하게 찍힌 검은 달의 도장 때문이었다.

검은 달의 주축 인물들은 신분증과 같은 도장을 가지고 있었는데, 검은 달 마크 밑에 각자의 이름이 새겨져 있었다.

분명 도장 밑에 있는 이름은 카란이었다.

"이제 됐슈?"

시드가 조롱 섞인 목소리로 타렌을 골렸다.

처음에는 도장이 있다는 사실을 몰랐지만, 황당해하던 그가 사정을 듣더니 도장도 있다며 찍어줬다.

'감히 나의 돈을 깎으려고 해?'

돈에 있어서는 누구보다 철저한 시드였다.

달그락달그락.

말발굽 소리가 자욱한 가운데 시드는 밖을 쳐다보며 입을 크게 벌렸다.

리스토 백작가에 들어선 지 10분은 지난 것 같은데 아직도 마차가 달리고 있었다.

백작 중에서도 돈이 많다고 하더니 넓은 정원에서부터 알 수 있었다.

"드디어 도착했군요."

"그래요"

타렌과 리스네가 여러 가지 감정이 교차하는 얼굴로 서로를 쳐다보다 마차에서 내리자 시드도 그 뒤를 따라 내려 정면을 쳐다봤다.

활짝 열린 거대한 문 앞에 서 있는 병사, 기사들과 한 남자를 볼 수 있었다.

리스네와 같은 푸른색 머리카락과 눈동자에 단발이었다. 잘생겼다기보다는 느끼하게 생겼으며 눈은 찢어졌고 키가 작은 편이었다.

170㎝도 되지 않는 것 같았다.

'저자가 리메토군.'

"어서 오너라. 보고 싶었다."

리메토는 양팔을 활짝 벌리며 환영했다.

"진심이신가요?"

"하하, 글쎄다."

"뭐, 인사를 하시니 받아들이죠, 오라버니."

'이년이!'

만나자마자 비꼬는 리스네로 인해 리메토는 화가 치밀어 올랐으나 애써 눌러 참았다.

어차피 곧 죽을 몸이 아닌가? 마음껏 즐겨라.

"다들 잘 다녀왔는가? 자자, 들어가지. 내가 요리를 준비… 응? 저것은 뭐냐?"

타렌, 기사들에게도 말을 건넨 리메토는 리스네를 향해 손짓하다가 시드를 발견했다.

내심 마탈 급의 인물이 어디에 있는지 궁금했다.

그런데 그는 보이지 않고 왜 꼬마와 같이 온 것이지?

검은 달에게 마탈 급의 경호원이 있다는 얘기를 들었을 뿐, 나이나 생김새 등 자세한 정보를 듣지 못했기에 당연한 의문이었다.

"시드라고 합니다!"

"리스네, 저 아이는 누구냐?"

"저의 경호원이에요."

"경호원? 푸하하! 저런 땅꼬마가?"

먼저 소개를 했음에도 대놓고 무시하는 발언에 시드는 짜

중이 났지만 티내지 않았다. 어차피 즐길 시간은 많을 듯하니.

"예의가 없으시군요."

리스네가 차갑게 그의 실수를 지적했다. 리메토는 속으로 비웃었지만 겉으로는 미안한 표정을 지었다.

"그래, 그래. 내 잘못이다. 얼른 들어가자."

"그러죠. 후후, 시드도 같이 가."

"응, 누나!"

"저 아이도 데리고 갈 생각이냐?"

"말했잖아요. 제 경호원이라고."

리메토는 찝찝한 얼굴로 시드를 쳐다보다가 고개를 끄덕였다.

꼬마가 마탈 급일 리가 없다. 즉 마탈 급의 인물은 이곳까지 오지 않은 것이다.

저 소년은 우연히 친해진 사이일 테고.

"우와!"

안으로 들어선 시드는 연신 감탄사를 남발했다.

살다가 이토록 좋은 저택은 처음 봤다. 자신 역시 백작의 아들이었지만 이 정도는 아니었다.

그리고 식당에 들어섰을 때는 절정에 이르렀다.

식탁의 길이가 침대보다 길었다. 그런데도 음식들로 가득 차 빈 공간을 찾기 힘들었다.

'큭. 거지였나?

그런 시드를 쳐다보며 리메토는 더러움을 느꼈지만 웃는 얼굴로 손을 살짝 올렸다. 먹자는 뜻이었다.

"시드, 먹어."

리스네의 곁에 앉아 침만 삼키고 있던 시드는 그 말과 함께 두 눈에 의지가 불타오르며 수저를 집어 들었다.

방금 만들었는지, 아니면 마법이 가미된 것인지 뜨거워야 될 요리들은 열기를 간직하고 있었다.

"리스네, 너는 왜 안 먹느냐?"

리스네가 수저를 든 채 먹지를 않자 리메토가 입을 열었다.

"저는 시드가 먹는 것만 봐도 배가 부릅니다."

"그래도 먹어라. 너를 위해 준비한 음식인데."

"그러신가요?"

남매의 살벌한 눈빛이 허공을 갈랐다.

리메토는 독을 탄 음식을 안 먹는 리스네로 인해 조바심을 느꼈지만 힘겹게 웃으며 재촉했다.

하지만 리스네는 여전히 먹지 않으며 시드의 반응을 살폈다.

독이 들어 있을 경우를 대비해서.

'빨리 먹어라, 계집아.'

리메토가 탄 독은 바로 증상이 나타나지 않는다. 3일이 지난 다음에서야 효력이 발휘된다. 고열에 시달리다가 끝내는 죽고 마는 약.

어둠의 루트를 통해 꽤 비싼 값을 치르고 구입했다.

"음? 누나?"

그때 수프를 비롯해 산해진미를 열심히 먹던 시드가 고개를 갸우뚱거리며 리스네를 불렀다.

"응? 왜 그래?"

"누나 집은 원래 좀 쓰게 먹어? 한약을 넣었나?"

"쓰다고?"

"내가 미각이 대단히 좋은 편이거든. 살짝 쓴데?"

"그래?"

리스네는 힐끔 리메토를 바라봤다.

'젠장.'

티를 내지 않으려 했으나 리메토의 표정이 뭉개졌다.

넣은 독약에 약간의 쓴맛이 존재한다. 그런데 보통 사람들은 알아차리지 못하는 수준이었다.

시드가 마탈 급이 되면서 미각도 발달했기에 구별이 가능했다는 점을 그는 알아차리지 못했다.

"오라버니가 드신다면 저도 먹겠어요."

사태를 파악한 리스네가 다른 음식은 놔두고 시드가 쓰다고 한 수프를 리메토에게 건넸다.

리메토의 인상이 눈에 띄게 험악해졌다.

"내가 저런 거지 같은 놈이 먹은 것을 먹어야 하겠느냐!"

고함을 지르는 리메토.

"혹시 독이라도 타셨어요? 민감하게 반응하시네."

"아가씨, 말씀이 심하십니다."

리스네가 직접적으로 얘기를 꺼내자 리메토의 곁에 있던 기사가 앞으로 나섰다. 그는 리메토를 주군으로 모시고 있는 이였다.

"그럼 폐울 씨가 드셔보시던가요."

폐울의 얼굴이 굳어졌다. 독을 구한 사람이 자신이었다. 해독제가 있다지만 그 역시 쉽게 구하기가 힘들었다.

"저, 저는 생각이 없습니다."

"독을 먹기 싫은 것이겠죠. 시드, 괜찮아?"

리스네는 폐울을 비꼬며 시드를 챙겼다. 하나 그녀는 미처 발견하지 못했다.

시드의 눈에 물든 탐욕을.

"으윽, 배, 배가!"

"시드!"

시드가 배를 부여잡더니 의자에서 떨어졌다. 리스네는 깜짝 놀라며 일어섰다.

설마 중독된 것인가?

'왜 저러지?'

리메토는 고개를 갸웃거렸다.

탄 독은 3일이 되기 전까지는 아무런 통증과 증상이 나타나지 않는다. 절대 지금 아플 일이 없었다.

“나 독 먹은 거야? 나에게 독을?”

시드가 이를 갈며 자리에서 일어섰다. 그와 함께 마나를 적정선에서 내뿜었다.

“크으윽!”

“허어어억!”

사방에서 비명이 터져 나왔다.

마나가 온몸을 묵직하게 누르기 시작했다.

페울은 꽤 실력이 있는지 이를 악물고 견디려 했지만, 리메토는 바닥에 주저앉았다.

“서, 설마… 저 꼬마가 마탈 급?!”

경악에 가득 찬 리메토의 외침!

리스네는 힘든 얼굴로 물러나 뒤에서 상황을 주시했으며, 시드는 분노한 얼굴로 그들에게 접근했다.

너무나 압도적인 힘의 차이로 인해 기사와 병사들을 부를 생각조차 하지 못했다.

마탈 급이었다. 리메토는 그 힘이 얼마나 대단한지 프리아 공작을 통해 잘 알고 있었다.

딱! 딱! 딱! 딱!

이빨까지 부딪치며 떠는 리메토와 페울.

시드는 더욱더 큰 위협을 주기 위해 마나를 더욱 풀었다. 그러자 페울마저 바닥에 무너졌고, 모두는 숨이 막힌다는 느낌을 받았다.

"죽고 싶은가? 나에게 독을 먹이다니!"

"그, 그것이……."

리메토는 말을 채 잇지 못했다.

두려웠다. 무서웠다. 벗어나고 싶다. 거짓말을 하려고 해도 할 수 없다.

상대는 마탈 급. 통할 상대가 아니었다.

'얼마를 부르지?'

그 광경을 지켜보며 시드는 재빠르게 머릿속을 굴렸다.

마탈 급인 자신은 웬만한 독 정도는 소화시켰다.

하지만 계속 우월한 척 구는 리메토를 혼내주고 싶었고, 돈이 생길 수 있는 기회를 놓칠 수 없었다.

"해독제를 구하려면 돈이 필요하겠군."

은근히 운을 떼는 시드.

직접적으로 얼마를 달라고는 하지 않는다!

"저, 저희가 구해 드리겠습니다!"

"너희가 주는 것을 어떻게 믿고 먹겠는가?"

"그, 그렇군요. 그렇다면 제가 돈을 드리겠습니다. 얼마나……."

시드가 가소롭다는 듯 말하자 죽음의 공포에 사로잡힌 리메토는 금세 수긍했다.

하나 시드는 액수를 직접적으로 부르지 않았다.

"마치 나를 강제로 돈 뜯는 놈처럼 만드는군."

이것은 계약이 아니다.

조금이라도 오해의 소지가 될 수 있는 발언과 행동은 피하는 게 좋다.

꼬투리를 잡히면 귀찮아진다.

"10골드는 어떠신지……."

"그냥 네놈들을 죽이고 나도 죽어버려야겠다. 살아서 뭐하는가."

"50골드!"

"나의 검이 피를 원하는구나."

"1, 100골드! 아니, 200골드!"

"굳이 주겠다면 사양하지 않는 것이 미덕이겠지?"

200골드가 불리는 순간, 시드는 언제 그랬냐는 듯 환하게 웃으며 리메토를 일으켜 세웠다.

"으하하! 좋은 날이지요?"

새로운 돈줄의 발견이었다.

CHAPTER 04
에트 급 플루닉

"죽여 버리겠어! 감히 나를! 나를!"

퍼억! 쟁그랑!

자신의 방으로 들어온 리메토는 분노를 참지 못하며 소리를 질렀다.

손에 잡히는 모든 것을 집어 던지고 부숴 버렸다.

"주군, 진정하십시오!"

그러자 페울이 다급히 나서서 말렸다.

리메토가 다치는 것은 상관없었으나 화가 풀렸을 때 몸이 상해 있으면 자신들에게 난리를 치니 미리 막아야 했다.

"기사들을 모아! 병사들도 불러! 그놈을 죽여 버려!"

태어나 처음으로 겪은 두려움과 수모에 화가 머리끝까지
치솟은 리메토는 미친 사람처럼 소리를 질렀다.

안 그래도 다혈질로 유명한 그였다.

"놈은 마탈 급입니다."

"으윽!"

페울의 현실을 알려주는 말에 리메토는 주먹을 불끈 쥐었
다가 힘없이 침대에 쓰러지듯 앉았다.

쪼르륵.

그리고 독하기로 잘 알려진 바컬리를 잔에 따라 단숨에 마
셔 버렸다.

"후우! 후우!"

속이 불타는 듯한 느낌과 함께 취기가 올라왔다.

"그래서 나보고 가만히 있으라는 것이냐?"

리메토는 죽일 듯한 눈빛으로 페울을 노려봤다. 쉰 살이나
먹은 기사 주제에 꼬마나 두려워하다니!

현실을 인정하면서도 분노를 풀 곳이 없어 페울에게 화살
을 쏘는 것이다.

"아닙니다. 절대 오늘의 일을 잊어서는 안 됩니다."

"그러면 어찌하란 것이냐?"

중저음의 페울이 믿음직스럽게 대답했다.

"놈을 저희 편으로 만들면 됩니다."

"무엇이? 나를 모욕한 그놈을! 네놈이 지금 나랑 장난하

느냐!"

"주군, 잠시만 편이 되는 것입니다. 이세스의 플루닉을 얻을 때까지. 그 후에는……."

"그렇지! 그래! 내 이세스를 잊고 있었구나!"

리메토는 보물을 발견한 듯 기쁜 표정으로 일어서서 웃음을 터뜨렸다.

에트 급의 플루닉까지는 마나스톤과 한 단계 위의 소환자만 있으면 됐다.

하나 라탈 급의 플루닉부터는 마나스톤과 소환자, 거기에 발동 조건이 추가되었다.

발동 조건은 플루닉마다 다른데 리스토 가문에 대대로 내려오는 이세스의 플루닉은 그중에서도 까다롭기로 유명했다.

그로 인해 라탈 급 플루닉 중에서는 최강이란 명예를 가지고 있었다.

아니, 마탈 급 플루닉은 소울 급이 나오지 않는 이상 무용지물이었기에 사실상 플루닉 전체에서 최고였다.

'흐흐, 리스네 이년, 네년도 그 이유로 놈을 곁에 두고 있구나.'

리메토는 리스네를 떠올리며 비릿한 웃음을 흘리다 정색하며 페울에게 시선을 돌렸다.

계획을 세우는 일은 쉽다. 문제는 성공 여부였다.

“만약 놈이 나의 수하가 되지 않는다면?”

“죽여야 됩니다. 리메토님의 것이 될 수 없다면 아가씨에게도 절대 주어서는 안 됩니다.”

리메토의 말에 페울은 망설임없이 의견을 전했다.

“그러나 놈은 검은 달의 카란조차 이긴 놈이다.”

리메토의 얼굴에 노기가 서렸다.

오늘 아침 검은 달이 찾아와 일부 금액을 제외한 원금을 돌려줄 때 얼마나 기가 찼던가! 카란! 마탈 급의 카란이 지다니!

“방법이 있습니다.”

“뭐냐?”

페울은 지금까지 단 한 번도 허튼소리를 한 적이 없었다.

그래서 리메토가 가장 신뢰하고 믿는 수하였다.

“독을 구입하기 위해 수소문을 하고 다닐 때 정보를 하나 얻었습니다. 피의 눈물이 에트 급 플루닉을 구입했다더군요.”

“오호, 그래?”

“네, 총 세 기입니다. 그들이라면 가능할지도 모릅니다.”

“세 기라…….”

리메토는 주먹을 불끈 쥐었다.

에트 급은 대륙 전체에 120기밖에 존재하지 않는다.

그런데 세 기나 수중에 넣다니? 그들로서는 막대한 투자를 한 것이다.

'그 정도면 가능하다!'

플루닉은 소환자와 같은 수준의 힘을 발휘한다. 즉, 에트급의 플루닉은 라탈 급의 성능이었다.

세 명의 라탈 급과 세 기의 에트 급 플루닉이라면 결과적으로 라탈 급 여섯의 전력.

더군다나 플루닉은 각기 특이한 능력이 존재하며, 드래곤이 만든 금속 육체로 인해 대단한 방어력과 지치지 않는 체력도 가지고 있었다.

그래서 사실상 소환자보다 더 강력하다는 평이 다수였다.

시드의 능력이 어느 정도인지는 알 수 없지만 충분히 승산 있는 싸움이었다.

"좋다. 피의 눈물 마스터에게 연락을 취해라. 내가 만나고 싶어한다고. 더불어 그 죽일 놈을 회유할 방법도 찾아라. 피의 눈물은 마지막 수단이니."

"알겠습니다."

"아름다웠어."

저녁 시간.

시드는 리스네와 함께 맘껏 배를 채운 뒤 목욕을 하러 들어왔다.

욕조는 성인 남자 세 명이 들어갈 정도로 넓었다. 그런데 한 명의 소녀가 뒤따라 들어왔다.

이제 열다섯 살 정도 되었을까? 리스네만큼 아름답지는 않았지만 귀여운 외모였고, 얼굴에 주근깨가 눈에 띄는 붉은 머리카락의 소녀였다.

소녀는 리스네가 목욕 시중을 들라 해서 왔다며 아무런 부담 갖지 말고 가만히 있으라고 했다.

그리고 옷을 벗었다.

그때서야 시드는 당황하며 소녀를 내보냈다.

얼굴이 화끈거렸다. 나이는 열 살이지만 전생을 기억하는 그에게 소녀의 알몸은 적응할 수 없는 문제였다. 더군다나 여자의 알몸을 처음 봤다.

평생을 일만 했다. 사정이 조금 나아지려니 여동생이 아팠다. 결국 빚까지 지며 더욱더 일해야 했다.

그 결과 연애는커녕 여자를 만날 기회조차 존재하지 않았다.

'애초에 포기했었지.'

여자는 얼굴, 남자는 능력이라는 말이 있다.

그러니 돈 없고 얼굴도 못생겼으며 능력도 없는 자신이 여자를 사귄다는 것은 꿈에서나 가능한 일이었다.

'이생에서는 다르다. 얼른 부모님도 찾고 좋은 여자를 만나자.'

시드는 암울한 과거를 떨쳐 버리며 굳게 결심했다.

비록 사자 놈이 3일 만에 거지가 되게 해줬지만 그래도 전생에 비하면 극락이었다.

'그리고… 소울 급도 되어야지.'

시드는 가지고 들어온 검을 매만졌다.

최초는 불가능했다. 이미 소울 급의 경지에 오른 존재가 있기에. 하지만 최고는 가능했다.

'소울 급만 되면…….'

시드의 두 눈동자에 골드가 새겨졌다.

"시드, 왜 내가 준 옷 안 입었니?"

"응? 아, 나중에 입으려고!"

돈 생각에 한참 행복해하다가 욕실에서 나온 시드는 방을 방문한 리스네의 물음에 움찔했지만 태연하게 대처했다.

목욕을 하러 갈 때 리스네가 옷을 여러 벌 줬다.

하나같이 고급스럽고 가격이 비싸 보였다. 그래서 시드는 입지 않고 팔 생각이었다.

한 벌당 못해도 5골드는 벌 수 있을 것 같았다.

"그래. 그런데 어디 가려고?"

"응, 수련하러."

"그러면 나는……?"

리스네의 눈동자가 걱정으로 물들자 시드는 그녀를 다독였다.

"무슨 일이 생기면 바로 달려올 테니 걱정하지 마. 그리고 누나 곁에는 저 영감도 같이 있잖아.”

“훗. 하긴 내 실력이면 리스네님을 충분히 지켜줄 수 있지. 어? 아, 아가씨! 이, 이놈! 넌 어디 가느냐!”

노망에는 무시가 최고였다.

“두 개를 잡고 해볼까?”

조용한 곳에서 수련하고 싶은 마음에 연무장이 아닌 뒤편 정원을 찾은 시드는 꽃 사이에 앉으며 고민했다.

낮에 식사가 끝난 후 시드는 리메토는 물론 리스네에게도 받을 것을 확실하게 얻어냈다.

그래서 현재 1,000골드 이상이 마법 주머니에 있었는데, 리스네에게 받은 상급의 마나스톤도 존재했다.

‘일단 해보자.’

아직까지 단 한 번도 두 개를 사용한 적은 없었다.

시드는 온몸의 긴장을 풀었다. 자연의 마나를 느끼며 자신에게로 천천히 손짓했다.

그러자 마나들은 부모의 품을 찾는 아이들처럼 속닥거리며 시드의 전신으로 파고들었다.

‘빠르다!’

시드의 표정이 밝아졌다.

샤리스의 마나 호흡법, 두 개의 상급 마나스톤, 심장이 아닌 전신에서 마나를 머금는 육체.

세 박자가 합쳐지자 마나가 밀려오는 속도가 이전보다 확연히 달라졌다.

'두 개씩 쓸 경우 지출도 커지겠지만 어쩔 수 없지.'

개당 마나스톤의 기간은 급을 떠나 대부분 반년 정도로 비슷했다.

급으로 인한 차이점은 마나를 흡수하는 속도였다. 속도가 빠르면 얻게 되는 양도 많아지는 법.

'정말 신선이 된 기분이군.'

그리폰이 검술을 가르쳐 주다 마나를 익히라고 했을 때 한동안 헤맸었다.

사자로 인해 타고난 육체를 가졌지만 마나를 느끼는 것은 자질의 문제였기 때문이다.

그러다 시드는 전생에서 한 단전호흡을 떠올렸다. 직접 가서 배우지는 않았다. 그럴 돈이 없었으니.

어느 날 여동생이 건강도 신경 쓰라며 억지로 가르쳐 줬고, 짬이 날 때 간혹 하고는 했다.

단지 단전이 아닌 심장의 차이일 뿐이라 생각하기로 마음먹었다.

여동생은 뇌 호흡도 있지만 위치만 다를 뿐 방식은 같다고 했고, 마나 호흡법은 전생에는 존재하지 않는 지름길이라 생각했다.

그때부터였다, 마나 호흡법에 진전이 생긴 것은.

그리고 마나가 들어온다는 사실을 확실히 느꼈을 때 시드는 하늘로 붕 뜨는 듯했다.

따뜻한 마나가 몸 전체를 채워줄 때의 기분이란! 그 기분은 마탈 급이 된 지금도 마찬가지였다.

스으윽! 사악!

두 시간 정도 마나 호흡에 열중했다. 그 후 시드는 새로운 검술을 익혔다.

내면의 마나 역시 중요했지만 육체 단련도 필수였다.

때로는 육체를 연마하다 깨달음을 얻는 경우도 있기에 게을리하지 않았다.

'괜찮은데?'

비 오듯 땀을 흘리며 만족스런 웃음을 머금는 시드.

그리폰의 검술이 파괴력 위주였다면 지금 연습하는 레폰의 검술은 속도와 기교를 살렸다. 특히 환영을 만들어내는 부분은 감탄이 절로 나왔다.

만약 마탈 급인 자신의 능력에 레폰의 검술이 합쳐진다면 대단할 것이다.

'아직은 좀 불편하군.'

시드는 현재 어둠의 전설이 사용한 검을 들고 있었다. 아직 길이가 맞지는 않지만 익숙해지기 위함이었다.

30여 분의 시간이 더 흘렀다.

"그만 나오시죠."

레폰의 검술을 계속 수련하던 시드는 검을 검집에 넣으며 나무가 무성한 곳을 향해 말했다.

그러자 한 명의 남자가 어둠 속에서 모습을 드러냈다. 페울이었다.

"언제부터 알고 있었습니까?"

"찾아오셨을 때부터요."

페울은 시드가 마탈 급이라는 사실을 알면서도 내심 놀랐다.

수련을 하고 있는 것을 발견하고 최대한 기척을 없애며 조심스럽게 접근했는데 알아차리다니.

'더 보고 싶었는데.'

페울은 입맛을 다셨다.

자신은 기사였다. 강해지고 싶은 욕망은 언제나 내면에 존재했다. 그래서 전해야 될 말도 미루며 수련을 지켜봤다.

마탈 급의 수련은 보는 것만으로도 도움이 되니까.

'나를 데리고 가기 위해서 온 것이겠지.'

시드는 페울이 온 이유를 추측했다.

현재 리메토에게는 자신을 처치할 힘이 존재하지 않았다. 그러면 분명 편으로 만들기 위해 노력할 것이다.

'얼마나 부르는지 볼까?'

시드가 리스네를 지켜주는 것은 단지 돈 때문이었다.

만약 리메토가 더 많은 돈을 제시한다면 얼마든지 마음을 바꿀 생각도 하고 있었다.

물론 살인을 비롯해 원하지 않는 일을 시키면 떠나겠지만.

"리메토님이 만나 뵙기를 원하십니다."

"알겠습니다."

시드는 단숨에 제안을 승낙했다.

거절한다고 안 만나질 인물이 아니었다. 아니, 두 돈줄 사이에서 몸값을 올리기 위해서라도 더욱 만나야 했다.

"저를 따라오시죠."

페울은 그 말과 함께 앞장서서 걸음을 옮겼다. 그 뒤를 시드가 따랐다.

그 시각, 리스네는 예쁜 얼굴을 일그러뜨리며 한 남자에게 소리쳤다.

짧은 검은 머리카락에 검은 눈동자인 그는 체격이 크고 단단했고, 오른쪽 눈에서 턱까지 일직선으로 새겨진 검상이 있었다.

"스로우, 당신이 어떻게……!"

"죄송합니다. 저는 이제 리메토님을 모시고 있습니다."

리스네의 미간이 더욱 좁혀졌다.

만약을 대비해 나스크와 몇 명의 기사와 함께 시드를 기다리고 있었다.

그런데 갑자기 10여 명의 기사와 마법사들이 강제로 들어오더니 방문 앞을 막아서며 나갈 수 없다고 했다.

맞상대하자니 상대의 능력이 뛰어났고 인원도 많았다. 특히 스로우는 얼마 전 라탈 급에 오른 대단한 실력자였다.

아폴레가 준 힘을 발휘하면 어떻게 될지 모르지만 아직 상대의 목적을 모르는 상태에서 괜히 출혈을 부를 필요는 없었다.

일단 지금은 가두려고만 하는 듯했다.

'스로우마저……'

리메토가 시드를 회유하려 한다는 사실은 예측했다. 하나, 스로우의 배신은 상상도 하지 않았다.

리스네는 분노를 느끼며 얼음장 같은 시선으로 말문을 열었다.

"아버지는 아직 살아 계십니다."

"다 죽어가는 호랑이일 뿐입니다."

"호랑이는 죽는 순간에도 호랑이입니다."

"제 아무리 호랑이라 할지라도 증거도 없이 이빨을 들이댈 수 없습니다. 시드라는 아가씨의 손님은, 개인적인 원한으로 들이닥친 살수들에게 죽임을 당한 것이니. 물론 우리의 편이 된다면 아무런 일이 발생하지 않을 것입니다. 아가씨와의 일은 제가 벌 받겠습니다."

리스네의 표정이 굳어졌다.

살수들을 불렀다니? 그의 힘을 알면서도? 그렇다면 시드를 죽일 수 있는 힘을 얻었다는 뜻이다.

"스로우, 제가 두 눈 뜨고 두 귀 열고 살아 있습니다!"

"이젠 손과 귀가 잘릴, 길 잃은 고양이일 뿐입니다."

"네놈! 그 입을 잘라 버리겠다!"

"타렌님, 그대의 자리는 언제든지 비워져 있습니다."

"내가 너희들의 더러운 개 노릇을 할 것 같으냐!"

"더러워도 살아남는 자가 질서입니다."

"으윽!"

스로우는 일말의 양보도 없이 맞섰다.

마음속에서는 이러면 안 된다고 외쳤지만 가족에 대해 말하던 리메토를 떠올리면 어쩔 수 없었다.

살아야 했다. 발을 빨든 똥을 닦아주든 살아남아야 했다.

그래서 아내와 딸을 지켜야 했다. 비록 가슴에서 피눈물이 맺힐지라도.

'아가씨, 죄송합니다.'

스로우는 마음속으로나마 고개를 숙였다.

리메토가 기다리고 있는 곳은 기사들의 훈련 장소였다.

넓은 타원형으로 만들어진 훈련소는 대단히 넓었으며 지붕이 없는 형태였다.

마법 등이 여러 개 달려 있어서 저녁임에도 불구하고 밝았다.

"어서 오게!"

시드를 발견하자마자 리메토는 이전과는 달라진 말투로 환영했다.

"어서 앉게나."

"무슨 일로 부르신 거죠?"

"뭐가 그리 급한가? 하하, 물어보니 단도직입적으로 말하겠네. 나의 힘이 되어주게."

"싫습니다."

단호한 거절. 쉽게 넘어가면 값이 싸진다.

리메토의 미간이 살짝 찌푸려졌다. 생각도 하지 않고 거절할 줄은 몰랐다. 분명 돈으로 움직인다고 했는데? 혹시 오래전부터 아는 사이란 말인가?

"리스네와 친한 사이인가?"

"아닙니다."

"그렇다면 무엇 때문에 그러는 것인가? 내가 리스네보다 돈을 더 주겠네."

간절함이 담긴 그의 목소리.

시드는 이제 흔들려야 할 타이밍이라는 사실을 파악했다.

밀고 당기기다. 넘어갈 듯하면서 가격을 올리는 센스!

"비록 돈을 받고 일하지만 그래도 정이……."

"내가 왜 모르겠는가. 하지만 지금이 자네에게는 기회일세. 리스네보다 절반을 더 주겠네."

움찔! 움찔!

시드는 태연한 척하려고 했지만 몸이 말을 듣지 않았다.

"갑자기 배신을 하기도……."

"좋네. 내 두 배를 주겠네. 거기다가 이것은 계약금이네. 페울!"

리메토는 질질 끄는 시드에게 화가 치밀었지만 참으며 외쳤다.

그러자 페울이 마법 주머니에서 무엇인가를 몇 번 반복해서 꺼냈다.

'컥! 상급의 마나스톤 세 개!'

시드의 눈동자가 흔들렸다. 손은 수전증에 걸린 듯 부들부들 떨렸다.

가격만 따져도 천 골드가 넘었다. 그것도 계약금으로.

"어떤가? 나의 힘이 되어주겠는가?"

"으하하! 전 처음부터 리메토님의 편이었습니다!"

순식간에 돌변하는 태도!

그러면서 빠른 손놀림으로 마나스톤 세 개를 챙긴다.

"단, 저는 사람을 죽이지는 않습니다."

"으음, 아쉽지만 어쩔 수 없지. 알겠네."

원래 목적은 시드에게 살인을 맡길 계획이었다. 하나 다 잡은 물고기를 사소한 욕심 때문에 놓칠 수는 없었다.

시드가 리스네를 지켜주지 않기만 해도 자신의 목적이 거의 이뤄진 것과 다름없었다.

"축배를 들어야겠군. 나와 함께 가세. 오늘 한턱 거하게 쏠 테니."

어렵지 않게 협상이 이뤄지자 리메토는 기쁨을 감추지 않았다.

"거, 좋죠. 리스네 누나를 만나고 말이죠."

"뭐? 리스네는 왜?"

시드의 눈빛이 짓궂게 변했다.

반대로 리메토는 의아함을 감추지 못했다.

"저는 돈에 의해 움직입니다. 리메토님이 거액을 제시했으니 이제 리스네 누나도 저의 몸값을 올려주지 않을까요? 리스네 누나에게도 기회를 줘야죠."

'이, 이놈이!'

리메토의 얼굴이 일그러졌다. 한마디로 가운데서 간을 보겠다는 뜻이다. 한 명이 포기할 때까지 말이다.

'너의 동아줄은 썩었다.'

시드는 처음에는 동아줄을 둘 모두한테 내밀려고 했다.

그래서 더욱 간절히 자신을 잡는 이의 줄을 끌어 올려줄 계획이었다.

그런데 지금 생각을 바꿨다.

'개도 미치면 주인을 문다고 했다. 이런 자리에서도 나를 죽이려는 놈의 편이 돼줄 수는 없지.'

리스네는 자신을 이용하지만 적어도 살의는 없었다.

단지 자신의 힘이 필요할 뿐이었다. 한데 리메토는 달랐다. 만약 수가 틀린다면 언제든 죽이려고 할 것이다.

이 순간도 그렇다. 갑자기 수십의 인원이 근방에 나타났다.

역이용하려고 해도 너무 더러운 놈이었다.

협상을 하는 자리에서 비열한 수를 준비하는, 자신의 분수도 모르고 오로지 악의로만 가득 차 있다.

그러니 편이 되줄 수 없으며, 훗날을 위해 백작가의 힘을 줘서도 안 된다.

지금은 회유를 하기 위해 거짓된 가면을 쓰고 있지만 분명 자신을 귀찮게 할 놈이었다.

그리고 놈의 손을 거부할 경우 돈을 더 크게 벌 수 있는 좋은 아이디어도 떠올랐다.

위험 요소가 존재하지만 어차피 반대의 길도 마찬가지였다.

"만약 리스네가 더 큰 금액을 제시한다면?"

리메토는 힘겹게 이성을 유지하며 물었다. 그의 눈빛은 아까와 달리 강렬했다.

"당연히 리스네 누나를 지킵니다."

빠드득.

리메토의 이가 갈리는 소리가 밖으로 새어 나왔다.

'잘라야 될 놈이군.'

리메토는 시드에게서 자신을 봤다.

집착하는 부분은 다르지만 절대 누구의 밑에서 살지 못하는 놈이다.

그렇다고 자존심까지 숙이고 리스네와 가격 경쟁을 하기에도 무리가 있다. 자금에는 한계가 존재하는 법이니.

스으윽.

리메토는 자리에서 일어섰다. 그는 비열한 웃음을 흘리고 있었다. 결심을 굳힌 것이다.

시드가 자신의 편이 되는 것도 좋지만 없어져도 좋았다. 또한 없애는 것이 돈도 더 적게 들었다.

"네놈의 뜻을 잘 알겠다. 내일 아침에 볼 수 있을지 모르겠군."

의미심장한 말과 함께 등을 돌리는 리메토.

그런 리메토에게 시드는 똑똑히 들을 수 있는 크기로 돌려줬다.

"오늘 일은 대가가 비쌀 것입니다."

그때 붉은 옷을 입은 수십 명의 실수가 모습을 드러냈다.

"저 하나 잡으려고 너무 많이 몰려오신 것 아닙니까? 저처럼 연약한 소년에게. 흑."

시드는 여유로운 표정으로 말장난을 걸었다.

많은 인원에 긴장하기는 했지만 들어온 적들과 마주 서니 내심 안도가 됐다.

마나를 이용해 그들의 힘을 파악한 결과 라탈 급 셋이 가장 큰 전력이었다.

세 명이라면 자신의 승리가 확실했다.

"검은 달의 카란을 이긴 놈이 약하다면 세상에 강한 이는 없을 것이다. 자, 긴말은 필요없겠지. 우리는 피의 눈물이다. 오늘 너의 목숨을 가져가겠다. 쳐라!"

라탈 급 중 한 명인 거대한 체격을 보유한 대머리남자가 외치자 30명 정도의 수하들이 동시에 달려들었다.

"전 오래 살고 싶습니다만? 하압!"

시드는 전력을 다해 마나를 방출했다.

이 싸움, 길게 끌어서도, 힘을 아끼는 여유를 부려서도 안 된다.

먼저 기선 제압을 한 뒤 쉽게 풀어 나가야 했다.

움찔! 부들부들!

강렬한 마나의 폭풍에 30명의 수하들은 겁에 질린 표정으로 행동을 멈췄다. 아니, 몸이 의지를 배반하며 독단적으로 내린 결정이었다.

마탈 급의 폭발적인 기세였다. 사지를 압도하는 마나였다.

"무엇을 하느냐! 네놈들 모두 죽고 싶나!"

그런 수하들의 태도에 대머리남자가 큰 소리로 위협했다.

“으아아악! 죽어라!”

“우리는 강하다!”

“피의 눈물을 우습게 보지 마라!”

그의 마나가 담긴 외침에 수하들은 정신을 차리며 재차 움직였다.

푸우욱! 타탁!

시드는 빠르게 뒤로 물러서며 다섯 명의 공격을 막았다.

단검을 주로 쓰며 속도에 능통한 이들이었지만 시드에게는 역부족이었다.

“크으윽!”

“어, 어떻게! 으아악!”

비명의 향연이 시작되었다.

단검을 검으로 쳐내며 한 명은 손목을, 다른 한 명은 갈비뼈를 부러뜨렸다.

시드는 아무리 적이라 할지라도 목숨이 위험하지 않다면 큰 부상을 입히기 싫어했다. 그러나 지금은 달랐다.

상대의 수가 압도적으로 많을 경우 다시는 공격을 하지 못하게 만들어야 했다.

그렇게 하지 않으면 움직일 수 있을 때까지 계속해서 반복될 테니.

쉐에엑!

단검으로 공격한 다섯 명의 뼈를 부러뜨린 시드는 등 뒤에서 들리는 소리에 다급히 고개를 돌렸다.

바람을 가르는 소리는 단검이 아니었다.

열 명 정도의 인원이 뒤에서 활을 쏘고 있었다. 에트 급에 오른 이들이다. 활의 위력은 대단할 것이다.

"하아압!!"

시드는 화살이 날아오는 방향으로 검을 크게 휘둘렀다.

둥근 마나의 벽이 형성됐다. 그리폰의 방어 기술 중 하나였는데, 범위는 좁지만 시드 한 명 보호하기에는 충분했다.

퍼퍼퍽! 피시시식!

화살들은 마나의 벽에 닿자 재가 되어 흩어졌다.

그사이 시드는 지면에 발을 두 번 구르더니 순식간에 사라졌다.

"전장에서 가장 먼저 해치워야 할 적은 적장이라고 배웠습니다."

차가운 말투, 날카로운 눈빛.

라탈 급의 대머리사내 뒤에 나타난 시드는 기본을 되새김질하며 마나가 이글거리는 검을 휘둘렀다.

기분이 좋지 않았다. 분명 자신에 대한 정보를 가지고 있을 것이다.

한데 에트 급을 데리고 와서 방패막이로 삼고 있었다. 물론 그들의 공격으로 변수를 만들 계획도 있겠지만 마탈 급과 에트 급은 차이가 컸다.

스으으윽! 푸슈슛!

"크윽! 이 어린 새끼가!"

"짧았군요."

시드는 아쉬움을 담아 말했다. 어깨를 노렸으나 괜히 라탈 급이 아니었다. 보지도 않고 본능적으로 몸을 틀어 급소를 피했다.

"그래, 마탈 급을 상대로 이 정도로는 힘들겠지. 이 꼬마 놈아, 정신 바짝 차려라! 이제 죽음을 선사할 테니! 피로! 마키리!"

"으크크, 이제 쓸 때가 됐군."

"저 병신들은 소용없다는 것을 확인했으니. 으히히!"

시드는 인상을 찌푸렸다.

저들의 자신있어하는 태도도 거슬렸지만 목숨을 걸고 싸우는 수하들을 병신 취급 하다니. 리메토와 다를 바가 없는 족속들이었다.

"나와라!"

'뭐지?'

셋이 소리를 지르자 시드는 거대한 마나의 파동을 느꼈다.

라탈 급 수준이 하나도 아닌 셋이었다.

쩌저적!!

지면에서 소환진이 형성됐다. 거대한 빛무리가 사방을 밝혔다. 그리고 시드는 볼 수 있었다.

눈앞에 나타난 세 기의 금속 병기를!

'저것이 플루닉인가?

한 기는 전신이 붉은색으로 이루어져 있었고 크기가 4m는 될 법했다.

두 눈동자는 붉게 빛났으며 해골처럼 앙상하게 말랐다. 팔은 비정상적으로 길었다.

또 다른 한 기는 3m 정도 크기에 노란색이었으며 양손이 집게 모양이었다.

눈사람을 연상시키는 체형이었다.

마지막 한 기는 오우거를 연상하게 할 만큼 두꺼운 체격에 푸른색이었는데, 크기가 5m였으며 어깨에 대포와 같은 기계가 장착되어 있었다.

"제아무리 마탈 급이라 할지라도 라탈 급 세 명과 에트 급 플루닉 세 기를 동시에 상대할 수 있을까?"

피로라 불린 이가 이를 드러내며 비웃었다.

'위험하다.'

시드의 이마에 식은땀이 맺혔다. 자신을 향해 비아냥대도 대꾸하지도 못할 만큼 여유가 사라졌다.

셋이라면 자신이 있다. 넷은 아슬아슬했고 다섯이면 승패를 장담하기 힘들다.

자신은 마탈 급의 문을 열고 발만 내디딘 상황이기에.

그런데 눈앞에는 라탈 급의 능력이 여섯이나 있다. 좋지 않왔다.

"죽어라!"

리더로 보이는 대머리사내가 큰 소리로 외쳤다.

그러자 라탈 급 셋, 플루닉 세 기가 기다렸다는 듯 파고들었다.

'크으윽!!'

붉은 플루닉이 긴 리치를 이용해 주먹을 날렸다.

시드는 다급히 팔을 들어 막았는데, 묵직함이 느껴지며 뒤로 밀렸다.

체중이 실려서인지 대단한 힘이었다.

"한눈을 팔면 죽을걸."

뒤에서 들려오는 소리에 시드는 돌아보지도 않고 바닥을 굴렀다.

목을 스치며 검이 지나갔다. 피가 살을 비집고 나왔다.

반격하고 싶었지만 시드는 그럴 수 없었다. 여섯의 무차별적인 공격이 끊이질 않기에.

지이잉, 콰아아앙!

푸른빛의 플루닉이 마나를 압축시킨 마나포를 발사하자 연무장이 산산조각 나며 무너졌다. 뒤를 이어 노란색 플루닉의 팔이 늘어나 집게손이 시드를 쫓아다녔다. 집게의 끝 부분에는 날카로운 바늘이 가득했다.

"이봐, 나도 있다고!"

방어를 하기도 정신없는 시드 앞에 라탈 급의 여자인 마키리가 나타났다.

시드는 순간 스피드를 끌어올리며 마키리를 베려고 했다.

그런데 어깨가 움직이려는 찰나 노란색 플루닉의 두 눈에서 빛이 터져 나왔다. 그 빛에 닿자 몸이 움직이지 않았다.

마법에라도 걸린 것처럼.

"커허어억!"

퍼어엉!

그런 시드의 복부로 마키리의 주먹이 꽂혔다.

그녀는 무기를 사용하지 않았지만 주먹이 닿을 때마다 폭발이 일어났다.

주르륵.

뒤로 물러난 시드의 입가에서 선혈이 흘렀다. 그리곤 실소를 흘렸다.

마탈 급에 오르면서 자신은 그 누구에게도 지지 않는다고 믿었다. 전설조차 뛰어넘은 자신이다. 하나 이놈의 세상은 강자와 변수가 많았다.

라탈 급에 플루닉이라는 병기들까지.

처음에는 돈밖에 몰랐고 지금도 돈이 우선이지만 카란에게 지면서 호승심이 생겼다. 강해지고 싶은 욕망도 내면에 끓어올랐다.

'일단 살아남아야 한다.'

지금은 죽을지도 모르는 판국.

시드는 기선 제압용이 아닌 살기 위해 마나를 최대치로 끌어올렸다.

한 명 한 명은 약하지만 저 여섯이 하나로 뭉치니 자신을 능가했다.

하나씩 선을 잘라야 한다. 그래서 하나씩 날개를 잘라 추락하게 만든다.

"이제부터 봐주지 않겠습니다."

시드는 진심을 담아 말했다.

최선을 다하겠다는 뜻도 있었지만 급소 공격도 망설이지 않겠다는 뜻이다. 봐주면서 싸울 수 있는 상대들이 아니었다.

죽이기 싫다고, 불구로 만들 수 없다고 조심스럽게 검을 움직였다가는 자신이 시체가 된다.

"크윽, 어느새!"

시드의 신형이 눈 깜빡할 사이에 도달하자 대머리사내는 당황했다.

'또……!'

그를 베려던 시드는 짜증이 솟구쳤다. 뒤에서 빛이 번쩍하더니 재차 몸이 움직여지지 않았다. 그와 함께 옆에 있는 푸른 플루닉의 마나포가 등을 노렸다.

'치잇!'

다행히 몸을 틀어 옆구리 일부분만 관통되었지만 무시할

수 없는 부상이었다.

하지만 지금은 부상을 생각할 겨를이 없었다. 시드는 괴성을 지르며 마나를 폭발시켰다.

"타하압!"

쉐에에엑!

시드의 신형을 기점으로 마나가 원을 그리며 주변을 휩쓸었다. 그러자 몸을 마비시켰던 노란 플루닉의 힘이 풀렸다.

시드는 기회를 놓치지 않으며 대머리사내의 오른쪽 팔을 베고 지나갔다. 피가 분수처럼 튀었다.

대머리사내는 마나의 원에 중심을 잃었다가 순식간에 잘려 나간 팔을 보며 비명을 질렀다.

시드는 그런 대머리사내에게 달려가 목 뒤 부분을 발로 내리찍은 다음 가까이 있는 라탈 급을 향해 돌진했다.

그때 시드의 발이 얼어붙었다.

이들이 데리고 온 수하 중 10여 명의 마법사들이 힘을 모아 빙계 마법을 시전한 것이다.

"정말 귀찮게 하는군!"

라탈 급 셋과 플루닉 세 기를 상대하기에도 버거웠다. 한데 살려주었더니 자신을 죽이기 위해 힘을 보탠다.

"날 원망하지 마라!"

시드는 마나를 발 쪽으로 내려 마법을 강제로 파괴했다.

동시에 신형을 허공에서 팽이처럼 뒤틀며 검을 빛과 같은 속도로 움직였다.

"크아아악!"

마법사들에게서 비명이 새어 나왔다.

시드의 검에서 발출된 수십 개의 기운이 모두에게 적중했
다.

"커허억!"

그 순간 시드 역시 플루닉의 특수 능력과 공격을 허용하고
말았다. 빛에 노출되며 몸이 멈췄다. 그 틈에 붉은색의 플루
닉이 달려들어 시드의 머리를 붙잡고 땅에 내려쳤다.

그것도 모자라 온 힘을 다해 끌고 갔다.

치이이익!

흙이 하늘로 치솟았다. 정신이 혼미했다.

그럼에도 시드는 이를 악물며 검을 쥔 손에 힘을 더했다.

그리고 플루닉의 약점이라 판단되는 뼈대만 존재하는 관
절 부분 중 무릎 관절 부분에 마나검을 박아버렸다.

키이익!

괴성을 토해내며 비틀거리는 붉은 플루닉.

시드는 기회를 놓치지 않고 무릎을 꿇은 붉은 플루닉에게
달려들어 주먹을 날렸다. 마탈 급의 마나가 담긴 주먹이었다.

붉은 플루닉은 충격을 이기지 못하고 휘청거렸다.

'네놈들도 조심하지 않겠다!'

시드는 플루닉을 공격하지 않으려 애썼다. 왜냐하면 돈이

기 때문이다.

　이기고 나서 플루닉을 자신의 소유물로 만들 계획이었다.

　그러나 이제는 힘들었다. 마나도 많이 소진됐다. 또한 라탈 급 세 명보다 더욱 귀찮았다.

　결국 시드는 가슴이 아팠지만 검에 마나를 응집시켰다.

　내 돈, 내 돈, 내 돈! 마음속에서의 절규!

　쉐에엑!

　시드의 검이 붉은 플루닉의 팔꿈치 뼈대를 잘라 버렸다.

　쿠우우웅!

　플루닉의 붉은 팔이 떨어졌다. 시드는 자신의 팔처럼 아파하며 슬퍼했다.

　플루닉 자체가 비싸다고 알려져 있으니 수리 비용도 어마어마할 것이다.

　'내 플루닉이!'

　어느새 자신의 플루닉으로 인지하고 있는 시드!

　그는 살벌한 눈빛으로 남은 이들을 노려봤다.

　콰지직!

　전투는 쉽게 끝나지 않았다.

　플루닉은 지상 최강의 병기임을 자랑하듯 부러지고 부서져도 지칠 줄을 몰랐다.

　그와 반대로 시드는 마나와 체력이 점점 고갈되어 갔다.

“흐으윽!”

시드의 검이 마키리의 허벅지를 베고 지나갔다.

마키리는 아픈 다리를 부여잡으면서 자신의 플루닉에게 기댔다.

현재 라탈 급 세 명은 플루닉을 운용하기에도 벅찼다.

그로 인해 지금의 전투는 시드 대 플루닉 세 기와 다름없었고, 시드는 소환자들을 쓰러뜨리려고 노력했다.

플루닉보다 쓰러뜨리기 쉬우면서도, 그들이 기절을 하거나 목숨을 잃으면 이 싸움도 끝이 날 테니.

“하아! 하아!”

시드는 입에서 단내가 났다. 온몸이 상처를 입지 않은 데가 없다.

안 그래도 카란과의 대결에서 입었던 내상이 회복되기 전이었기에 더욱 힘겨웠다.

‘그 기술이면 한 기는 끝낼 수 있다. 하나 나 역시 마나가 고갈된다.’

시드는 플루닉들을 노려보며 입술을 잘근 깨물었다.

지쳤다. 쓰러지고 싶다. 잠들고 싶다. 그러나 이겨야 한다. 살아야 한다. 돈을 벌어야 한다!

한데 방법이 쉽게 보이지 않았다. 예상치 못한 변수들로 인해 마나 분배에 실패했다. 그 결과, 거의 고갈된 상태에 이르렀다.

“크윽! 젠장!”

플루닉 세 기의 공격을 힘겹게 맞받아치던 시드는 결국 옆구리에 공격을 허용하면서 벽에 부딪쳤다.

'지치지도 않나?'

플루닉의 무서운 점이었다.

오랜 시간 전투를 하면 사람은 육체의 움직임이 느려지고 힘도 약해지지만 플루닉들은 변함이 없었다.

그렇다고 무적은 아니다.

플루닉들 역시 한 번 소환될 때마다 마나를 발휘할 수 있는 한계가 존재하기는 했고, 그 한계에 이르면 사라진다.

문제는 마나의 한계에 이르기 전까지 처음과 같은 힘과 속도를 보유한다는 사실이다.

“풰엣!”

시드는 피를 뱉으며 라탈 급 세 명을 응시했다.

자신들과 플루닉의 마나가 위험 수치까지 떨어지자 그들의 플루닉은 특수 능력을 발휘하지 못하고 있었다.

즉, 육탄전만 하며 마나의 소비를 최대한 줄이는 작전이다.

그러면 먼저 무너지는 것은 시드일 테니.

“으라차차!”

시드는 재차 달려드는 플루닉들을 보며 기합을 질렀다.

스스로에게 힘을 주기 위함이었는데 큰 틀은 달라지지 않왔다.

"우우욱!"

옆구리에 푸른 플루닉의 주먹을 정통으로 맞은 시드는 헛구역질을 했다.

'에라, 모르겠다!'

결국 이대로 가면 어차피 죽는다고 판단한 시드는 최후의 마나를 검에 실었다.

한 명이 아닌 다수를 타격하는 기술이었다.

목표는 플루닉들이 아니다.

플루닉이 사라져도 지금의 기술과 함께 자신은 마나를 모두 소비하는 것이다. 그러면 일정의 마나가 남은 세 명한테 죽을 수도 있었다.

그러니 소환자들을 무너뜨려야 한다.

파아앗!

시드의 검에서 붉은빛이 솟구쳤다.

힘이 다 모아진 순간 시드는 검을 휘둘렀다. 아니, 휘두르려고 했다.

'이런!'

목표가 자신들이라는 것을 깨달은 것일까?

노란색 플루닉의 소환자가 마나 소모를 감수하며 다급히 능력을 시전했다.

그로 인해 안심하고 있던 시드의 신형이 멈춰 버렸다.

그런 시드에게 푸른색 플루닉이 달려와 거대한 몸통으로 들이받았다.

하나 시드 역시 쉽게 포기하지 않았다. 공격을 당하면서 마비가 풀리자 검을 세 명의 라탈 급을 향해 내려쳤다.

시드의 몸이 바닥으로 떨어졌다.

플루닉 두 기가 재빠르게 라탈 급 세 명을 지키려고 몸을 날렸다.

거대한 폭발이 연쇄적으로 일어났다.

"제발, 제발……."

노란색의 플루닉은 마지막 마나를 소진함과 동시에 역소환된 상황이었고, 일어설 힘조차 없는 시드는 바닥에 누워 간절한 심정으로 연기가 피어오르는 곳을 쳐다봤다.

만약 플루닉들이 아직도 움직일 수 있다면 자신의 패배였다.

스스스스.

연기가 천천히 사라졌다.

시드의 얼굴에 절망감이 서렸다. 보았다. 자신들의 소환자를 몸으로 감싸 지켜낸 후 몸을 일으키는 두 기의 플루닉을.

CHAPTER 05
일석삼조

콰지직! 푸우욱.

시드는 의식을 잃어갔다.

주먹이 한 번 내려쳐질 때마다 신형이 땅속으로 박히며 피를 토해냈다.

입과 코가 피범벅이 된 시드는 내려오는 주먹을 쳐다보자 허무함이 밀려왔다.

3일 평화. 10년의 수련. 이제 핑크빛 인생이 기다린다고 믿었는데, 산을 벗어나 일주일밖에 안 지나서 이렇게 죽는단 말인가?

'이 사자 놈, 또 보게 되겠군.'

끔찍한 고통이 반복되었다. 하지만 시드는 애써 웃었다. 원망하고 아파하며 분노하다가 죽기는 싫다.

번쩌억!

남은 한 팔로 시드를 끊임없이 내려치던 붉은 플루닉의 주먹에 빛이 모여들었다. 특수 능력이었다.

마나를 다 소비해 몸을 보호하지 못하는 지금, 저 공격에 당한다면 산산조각이 날 것이다.

'돈도 다 쓰지 못하고……..'

전생에서는 로또에 당첨되자마자 급사했다. 고생만 하고 당첨금은 만져 보지도 못한 채.

한데 이번 생에서도 마찬가지였다. 짧은 시간 동안 많이 벌었는데 역시 쓰지를 못했다.

승산이 있다고 믿었다. 이번 일을 빌미로 리메토와 리스네에게 거액의 돈을 뜯어내고, 리메토는 재기 불능으로 만들려고 했다.

하지만 자신의 패배였다. 플루닉이라는 존재를 미처 파악하지 못했다.

플루닉이 붉은 마나가 휩싸인 주먹을 내려치자 시드는 두 눈을 감았다.

대륙 최고의 부자이자 강자가 되어 부모님을 찾겠다는 꿈이 재가 되어 흩어졌다.

곧 플루닉의 주먹이 부딪쳤다.

콰아앙!

굉음이 울려 퍼졌다. 시드는 천천히 두 눈을 떴다. 고통 자체가 없는 점이 의아했지만 자신은 죽었다.

마나가 티끌도 남아 있지 않았기에 제아무리 마탈 급의 육체라도 죽음을 피할 수는 없었다. 상대는 라탈 급의 힘을 가진 플루닉이었으니.

"어?"

시드의 입에서 당혹성이 새어 나왔다. 눈을 뜨면 사자가 기다린다고 믿었다. 이곳은 다른 차원이기에 천사나 마족이 있을 수도 있을 테고.

그런데 전혀 뜻밖의 남자가 서 있었다.

남자는 강렬한 살기를 풍기며 플루닉의 주먹을 한 손으로 막고 있었다.

낯익은 뒷모습이다. 커다란 체격과 검, 짧은 금발.

시드는 힘없이 미소를 지었다. 여러 감정이 교차하며 눈가에 물기도 서렸다. 죽음에서 살아났다. 그가 또 한 번 자신을 구해줬다.

시드는 없는 힘까지 끌어내며 소리쳐 불렀다.

"카란 형님!"

그 외침에 카란이 돌아보며 씨익 웃었다.

"여, 동생, 보기 좋은데?"

"그러게 말입니다. 말이 아니네요."

짓궂은 그의 말에 시드는 겨우 상체를 일으키며 대답했다.

'카, 카란 저놈이!'

갑작스러운 상황에 어리둥절하던 대머리사내 키세스의 표정이 일그러졌다.

임무를 완수하기 직전이었다. 이제 돌아가면 자신들한테는 큰돈이 떨어진다. 플루닉들이 손상되기는 했지만, 플루닉은 심장 위치에 존재하는 핵만 사라지지 않는다면 스스로 회복하기에 걱정 없었다.

그런데 다 차려진 밥상을 카란이 엎어버렸다.

"크큭, 라탈 급 셋에 플루닉 세 기라……. 동생, 고생 좀 했겠어?"

"아아, 죽는 줄 알았죠."

"그래, 그래. 일단 이거 먼저 마셔라."

카란은 키세스 등은 신경도 쓰지 않고 시드와 얘기를 계속 나누다 마법 주머니에서 병 하나를 꺼내 던졌다.

덥석!

시드는 자신의 옆에 떨어진 병을 주웠다. 주먹 크기의 병에는 분홍빛 액체가 반 정도 담겨 있었다.

"꽤 비싼 포션이다. 마나까지는 회복되지 않겠지만 웬만한 상처는 다 나을 것이다. 라탈 급의 미친 마법사 년이 만든 거니까."

시드는 비싸다는 말에 특별히 고마움을 느끼며 포션을 한

입 가득 털어 넣었다.

달콤한 맛이 혀를 산뜻하게 해주었다. 하나 행복은 잠시였다.

"커어억!"

사지가 경기를 일으키는 후폭풍!

혀가 마비되는 듯하고 목구멍이 타 들어간다!

"크큭! 원래 좋은 약이 쓰다."

'이것은 쓴 정도가 아니잖아요!'

예상했다는 듯한 카란의 미소에 시드는 울컥했지만 곧 표정이 풀렸다.

쓴 만큼 정말 효력도 뛰어났다. 몸의 상처들이 순식간에 회복됐다. 큰 상처들은 시간이 걸리겠지만 움직임에는 큰 지장이 없었다.

'마나를 회복하자.'

카란이 적들을 충분히 제압하리라 믿었다.

그래서 편하게 앉아 리메토가 계약금이라 내밀었던 상급의 마나스톤 세 개와 자신이 가지고 있는 두 개, 총 다섯 개를 꺼냈다.

하나 곧 세 개를 집어넣었다.

다섯 개를 몸에 얹고 해도 두 개를 쥐고 할 때와 차이가 없었다. 무슨 이유에서인지 알 수 없지만 두 개까지만 허용되는 듯했다.

‘최상급 마나스톤이 아쉽군.’

같은 두 개라면 최상급 마나스톤 두 개를 들고 있는 것이 당연히 더 효율적이다.

가격이 비싼 점도 문제였지만 구하기도 쉽지 않은 물건이기에 시드는 욕심을 버리며 집중했다.

그사이 카란은 능글맞게 웃으며 셋의 라탈 급과 푸른색의 플루닉에게 접근했다. 붉은색의 플루닉은 특수 능력을 써서 역소환됐다.

“여어, 키세스. 피의 눈물이 왜 여기를 기웃거리지? 그 멍청한 놈이 또 의뢰를 했나 보군.”

“카란, 제아무리 검은 달이라 할지라도 우리의 일을 방해해도 되는 것이냐?”

카란이 비아냥거리자 키세스는 분노를 금치 못했다.

이 세계에서도 엄연히 룰이라는 것이 존재했다.

“응? 방해? 뭔가 잘못 알고 있군. 나는 지금 검은 달의 카란이 아닌, 시드의 형님 카란으로서 놀러 온 건데? 검은 달은 이번 일과 관련없어.”

카란이 어깨를 으쓱하며 대꾸했다.

“웃기지 마라! 결국 우리를 방해한 놈은 검은 달의 카란 네 놈이다! 지금 사라지지 않는다면 후회하게 될 테다!”

“그러면 답은 간단하군.”

카란이 어쩔 수 없다는 듯 한숨을 쉬었다.

"네놈들만 사라지면 아무도 모르겠지."

카란의 발언에 키세스의 얼굴이 굳어졌다.

현 대륙의 살수 중 최강자로 손꼽히는 카란. 그가 마음만 먹는다면 못할 일이 없었다.

더군다나 지금은 플루닉 두 기가 역소환되었고, 한 기는 육탄전밖에 하지 못했다. 소환자인 자신들 역시 마나를 모두 허비했다.

으드득으드득!

키세스는 이가 부서질 듯 갈았다.

길드를 믿고 소리쳤지만 그 역시 카란의 실력을 잘 알고 있었다.

"내 아우를 저렇게 만든 대가는 크다!"

그런 키세스에게 카란이 경고와 함께 움직였다.

그러자 급해진 이는 키세스였다. 일단 지금은 화를 가라앉히고 벗어나자. 살아야 복수도 할 수 있는 법이다.

"이봐, 카란! 일단 우리 대화로… 컥!"

키세스의 신형이 하늘 높이 솟구쳤다.

"어떻게 오신 거예요?"

상황이 종료됐을 땐 일정량의 마나를 회복한 시드는 자리에서 일어나 카란에게 다가갔다.

신나게 몸을 푼 카란은 손을 털며 대답했다.

"좋은 술이 생겨서 아우랑 한잔하려고 왔지."

"그랬군요."

궁금했던 시드의 의문이 풀리며 카란과의 천운에 재차 감사했다.

만약 카란이 술이 생기지 않았거나 자신과 마시려고 하지 않았더라면 이미 죽었을 테니까.

"자, 이제 술이나 마시러 가지. 아참, 마실 줄은 알아?"

나이를 떠올린 카란이 묻자 시드는 고개를 끄덕였다.

간혹 너무나 힘들 때 전생에서 소주를 마셨었다.

비록 지금은 열 살이라 할지라도 이곳 세상에서는 어린아이가 술을 마셔선 안 된다는 법은 존재하지 않았다.

뭐, 있다 해도 마셨겠지만.

"그런데 축배는 일을 마친 뒤에 들기로 하죠."

"어? 아직도 일이 남아 있어?"

시드의 얘기에 카란이 코를 파다 되물었다.

"리메토를 만나야죠. 고생의 대가도 챙기고 갚아줘야 될 것도 한둘이 아니네요."

"아하, 그러면 나도 같이 갈까?"

"아니요. 기사와 병사들이 있겠지만 저에게 덤비지 못할 거예요. 자신들의 비장의 카드도 먹히지 않았으니. 그러니 형님은 리스네에게 가주세요. 이런 소동에도 리스네와 타렌 등이 나오지 않았다는 것은 분명 잡혀 있다는 뜻입니다. 아, 저놈들도 데리고요.”

생각을 정리한 시드는 라탈 급 세 명을 손가락으로 가리키며 자세하게 알려줬다.

그러자 카란은 부탁을 들어줬고, 시드는 리메토의 거처로 걸어가며 주먹을 풀었다.

절대 용서하지 않는다. 죽을 뻔했다. 만약 카란이 아니었다면 이미 죽었다.

시드가 차갑게 웃었다. 자신이 받은 고통 이상으로 돌려준다. 돈도 모두 빼앗는다. 추가로 이 가문에서 떠나도록 만들어주겠다.

분명히 말했다. 오늘 일은 대가가 비쌀 것이라고.

“헉! 저, 저…….”

“어, 어떻게?”

사정을 알고 있던 기사들과 병사들이 시드를 발견하고 뒷걸음질 쳤다.

세 명의 라탈 급과 에트 급 플루닉 세 기였다. 제아무리 마탈 급이라 할지라도 죽는다고 믿었다.

아니, 그렇지 않더라도 움직이기도 힘들 상태라 믿어 의심치 않았다.

하지만 멀쩡히 살아서 돌아왔다. 절대 자신들이 감당할 수 없는 상대.

“살려줘! 으아악!”

"괴물이다, 괴물!"

기사들과 병사들이 지레 겁을 먹고 달아났다.

시드는 그들을 쫓지 않았다. 자신의 목표는 리메토였다.

덕분에 리메토의 거처까지 아무런 방해 없이 갈 수 있었다.

스르릉! 처억!

리메토의 방 앞에 도착하자 지키고 있던 기사 둘이 기겁하며 검을 뽑았다.

그들은 온몸을 벌벌 떨고 있었는데, 두려움에도 리메토를 지키려는 의지만큼은 대단했다.

"두 번 말하지 않는다. 죽기 싫으면 비켜라."

시드는 그 둘을 보며 차가운 목소리로 말했다.

얼른 리메토의 얼굴을 마주하고 싶다. 저들하고 노닥거릴 자비심이 남아 있지 않았다.

그 말에 살기가 담겨서일까? 리메토를 지키려던 두 명의 기사는 결국 황급히 도망쳤다.

벌컥!

시드는 입가에 웃음을 띤 채 방문을 세차게 열어 안의 광경을 확인했다.

리메토는 파티를 즐기고 있었다. 나체의 하녀 네 명과 함께 말이다.

그 곁에는 페울이 방문을 쳐다보며 서 있었는데, 자신을 발견하자 유령을 본 것처럼 두 눈이 커졌다.

“으하하! 파티라……. 거, 좋지!”

“감히 누… 헉! 네, 네놈……?”

시드의 발언에 리메토가 짜증을 내며 고개를 돌렸다가 페울과 같은 얼굴이 되었다.

그 모습에 시드는 차갑게 비웃었다. 자신은 죽음의 강을 건널 뻔했는데 여자랑 즐기고 있다니.

“파티는 이제부터다. 나 지금 무지 열받았거든?”

“주, 주군! 피하십시오!”

“이봐, 라탈 급을 목전에 두고 있는 애송이. 네가 나를 상대하겠다는 뜻이냐?”

페울은 온몸에서 식은땀을 흘렸다. 리메토를 지키기 위해 앞을 가로막았다. 하나 바로 뒤에서 시드의 목소리가 들렸다.

“걱정 마라. 네놈도 똑같이 대접해 줄 테니.”

“으아아악!”

그는 악마라도 발견한 듯 무작정 검을 움직였다.

“그렇게 휘두르려고 산 검이 아닐 텐데?”

시드는 검을 한 손으로 잡았다. 결국 페울은 힘겹게 버티던 두려움을 이겨내지 못하며 주저앉았다.

“시원하군.”

시드는 넓은 의자에 앉아 포도주를 마셨다. 그 앞에는 리메토와 페울이 절을 하듯 엎드려 있었다.

"오늘 밤은 길 거다."
진심 어린 시드의 발언이었다.

"왜 이러시죠?"
스로우와 대치하고 있던 리스네가 침묵을 깨며 물었다.
스로우는 자신을 참으로 아껴주고 귀여워했던 기사이다.
수련을 한다고 집에 거의 존재하지 않는 자신의 몇 없는 세력
중 한 명이었다. 그가 라탈 급에 들어섰을 때 진심으로 기뻐
했을 만큼.
그의 갑작스러운 변화가 도대체 이해되지 않았다.
"개인적인 일입니다."
"혹시 협박을 받고 계신가요?"
스로우는 말없이 리스네를 쳐다봤다.
나이에 맞지 않는 그녀의 깊은 눈동자가 자신을 주시하고
있다.
피식, 실소를 흘렸다. 이제 와 얘기한다고 달라질 일은 없
다.
라탈 급 셋과 에트 급 플루닉 세 기면 제아무리 마탈 급의
소년이라 해도 어려운 상대였다.
이미 리메토에게 저울추가 기울었다.
"조금만 더 기다리시면 됩니다. 저를 믿어주세요. 아가씨
의 안전만큼은 지키겠습니다."

질문을 회피하면서 고개를 떨어뜨리는 스로우.

리스네는 입술을 잘근 씹었다. 밖에서의 소란과 마나의 파도가 어느덧 잠잠해졌다.

누가 승리했지? 그리고 뒤늦게 나타난 거대한 힘의 정체는? 답답함이 밀려왔다.

시드를 믿고 기다렸지만, 만약 시드가 정말 죽었다면 어떻게 해야 될까.

'정말 상황이 그렇다면… 달아나 후일을 기약할 수밖에.'

아폴레가 준 이동 주문서에는 아폴레의 거처로 이동하는 것도 있었다.

필요할 때 주문서를 찢기만 하면 된다.

"응?"

그 순간이었다. 스로우가 무언가를 느끼며 고개를 돌리자 굉음과 함께 리스네의 방문이 산산조각 났다.

"크큭. 인생 참 재미있지? 얼마 전에는 리메토의 편이 되어 시드와 싸우고, 이제는 시드의 부탁으로 리스네를 지키려 오고."

"다, 당신은!"

스로우는 뒷걸음질 쳤다. 카란이 도대체 왜……?

털썩, 털썩, 털썩!

그런 스로우를 무시한 채 카란은 양팔에 끼고 있던 피의 눈물 세 명을 바닥에 집어 던졌다. 그들은 아직도 정신을 잃고 있었다.

"저놈들 건들지 마라. 시드가 놔두라고 했으니."

그리고 리스네의 곁으로 가려는 카란. 그 앞을 스로우가 막았다.

"갈 수 없습니다."

"에? 넌 뭐냐?"

카란은 기가 찼다.

"이제 라탈 급에 오른 놈이 내 앞을 막아? 으잉? 검까지 겨누네?"

"저는 이곳을 지켜야 합니다."

스로우는 두려웠다. 카란에 대한 소문을 잘 알고 있었다.

대륙 전체에서도 모르는 이가 없을 정도의 유명인이니.

그러니 겁이 나지 않을 수 없다. 하나 리메토의 말도 잊을 수 없다.

만약 임무가 실패하더라도 리스네를 절대 다른 이들의 손에 넘기지 말고, 힘들다면 차라리 죽이라고. 그렇지 않으면 다시는 가족들을 볼 수 없을 것이라고.

'죄송합니다.'

스로우는 결심을 굳혔다.

상황을 보니 분명 리메토의 목표는 실패했다. 그렇지 않고서야 카란이 나타나 시드를 운운할 일이 없었다.

'아가씨……'

리메토보다 언제나 리스네의 힘이 되어주고 싶었던 자신
이다.

그러나 가족을 살려야 했다. 그들이 어디에 감금됐는지도
모르며, 리메토는 한다면 했다.

'뭘 하는지 볼까?'

카란은 재미있다는 듯 스로우를 관찰했다.

검은 자신을 향했는데 눈동자는 뒤를 향하며 흔들렸다.

심적 갈등이 극대화된 모습. 카란은 리스네를 힐끔 바라봤
다.

타아앗!

고요함만이 가득한 방 안. 스로우가 신형을 비틀며 몸을 날
렸다.

그로 인해 검끝의 목표가 바뀌었는데, 바로 리스네의 새하
얀 목이었다.

"어억! 아, 아가씨!"

너무나 갑작스런 상황.

타렌이 소리를 질렀고, 나스크를 비롯한 기사들이 움직였
지만 이미 늦었다.

"이놈!"

타렌은 스로우에게 호통을 쳤다. 하지만 움직이지는 못했
다.

만약 스로우에게 조금이라도 더 접근했다가는 리스네의

목이 붉게 물들리라.

"스로우……."

검끝에 힘이 들어가며 목을 압박하자 리스네는 씁쓸함을 감추지 못하며 그를 불렀다. 그 목소리에 스로우는 전신을 떨며 흐느꼈다.

일이 잘 풀리기를 바랐다. 소년에게는 미안하지만 죽어주기를 원했다. 그러면 자신은 가족을 찾을 수 있었다.

리스네는 설득하면 된다. 잠시만 연기를 해달라고. 백작의 직위를 포기하는 것처럼. 그 후, 가족을 완벽히 구해내면 자신이 그녀의 힘이 되어주겠다고.

리메토가 리스네를 죽이려 하는 이유는 백작의 작위 때문이었으니까.

한데 일이 모두 틀어졌다.

이제는 막다른 길이었다. 죽여야 했다. 가족을 살려야 했다. 그들을 외면할 수 없었다. 그런데 도저히 손이 움직이지 않았다.

딸 같은 아이였다. 마법을 배우면서부터 자주 보지는 못했지만 그 이전까지는 매일 함께 시간을 보냈다.

또한 자신의 일에 그 누구보다 기뻐하고 슬퍼해 주던 아이였다.

"크흐윽."

결국 스로우는 검을 버리며 바닥에 주저앉았다. 유일한 촛

불을 스스로 꺼버렸다.

　잘 알고 있다. 지금의 선택으로 인해 어떤 후회와 아픔이 기다리고 있을지.

　알면서도 차마 자신의 손으로 그녀의 목숨을 끊을 수 없었다.

　"이유가 뭐냐?"

　카란이 침대에 앉으며 스로우에게 물었다.

　처음에는 리스네를 위협하고 있는 그의 팔을 잘라 버리려고 했다.

　리스네가 죽든 리메토가 백작의 작위를 얻든 자신은 상관이 없다. 다만 시드가 지켜달라고 했기에 부탁을 들어주기 위해서였다.

　하나 카란은 스로우가 리스네를 죽이지 못한다는 사실을 가장 먼저 알아차렸다.

　분명 원해서 이러는 놈이 아니다. 무엇인가가 있다.

　"거, 돌 같은 놈이네. 혹시 아냐? 내가 도와줄 수 있을지."

　대답도 없이 흐느끼던 스로우가 고개를 들었다.

　마탈 급! 그들의 힘이 어느 정도인지 확실히 알게 됐다.

　만약 카란이 도움을 준다면 해결책을 찾을 수 있을지도 모른다.

　"부탁드……."

스로우는 다급히 사정을 하려다가 리스네와 눈이 마주치
자 말끝을 흐렸다.

자신은 배신자이다. 리스네의 믿음을 저버렸다. 그런 자신
이 리스네를 구하러 온 이에게 염치없이 구걸해도 되는 것일
까?

"말해주세요. 저도 돕고 싶어요."

그를 바라보던 리스네가 나서며 말했다. 분명 약점이 잡혀
있다. 그럼에도 스로우는 자신을 지켰다.

"아가씨……."

리스네의 얘기에 스로우는 고개를 숙였다. 그리고 가족들
과 관련된 일을 모두 털어놓았다.

그 내용에 리스네를 비롯한 모든 이들이 치를 떨었지만 카
란은 별일 아니라는 듯 귀를 후비며 해결책을 내놨다.

"그러면 협박의 주동자를 역으로 협박하면 되잖아? 너의
가족 목숨과 자신의 목숨. 그놈이 과연 어떤 목숨을 더 소중
히 여길까?"

파지직! 촤아악!

찢기다시피 덜렁거리는 페울의 팔에서 피가 솟구쳤다. 시
드에게 있어 페울은 리메토와 다를 바 없었다.

훔쳐본다는 사실을 알면서도 자신의 수련을 볼 수 있도록
배려해 줬는데 뒤에서 이런 짓이나 꾸몄을 줄이야.

"이번엔 너다."

비명을 지르며 쓰러진 페울에게서 눈을 뗀 시드가 고개를 돌리며 말했다.

그러자 리메토는 끈적거리는 두려움에 휘감기며 뒤로 기었다.

도망칠 공간도, 자신을 구해줄 이도 없다는 사실을 잘 알고 있다. 시드의 손에서 벗어날 수 없다는 점도 인지했다.

하지만 살기 위한 본능적인 몸부림이었다. 그런 리메토의 얼굴은 눈물과 콧물로 범벅이 되어 있었다.

오만하고 깔보는 눈길의 그는 더 이상 존재하지 않았다.

"제, 제발! 아악!!"

리메토의 비명이 시드의 귀를 파고들었다.

그러나 시드는 무감각한 얼굴로 그의 바람을 거절했다.

최대한 고통을 준다. 버릇도 고쳐 주고, 거액을 불러도 거절하지 못하게 완벽하게 짓밟는다.

"아파하지 마라, 이제 시작이다."

시드의 손을 통해 리메토의 몸으로 마나가 흘렀다. 그리폰에게 배운 고문 기술 중 하나였다.

접촉을 통해 마나를 내부로 유입시켜 뼈와 장기에 직접적으로 충격을 준다.

"제, 제발… 우웨웩!"

결국 리메토는 견디다 못해 저녁에 먹었던 음식물을 토해냈다.

하나 더러움을 느끼지 못했다. 오로지 이 아픔에서 벗어나고 싶을 뿐.

"난 네놈처럼 누군가를 죽일 마음은 없다. 참아라, 살 수는 있을 테니."

"으윽, 으아아악!!"

시드는 자신의 구토물에서 뒹구는 리메토에게 마나의 강도를 더욱 높였다.

리메토는 이제 눈은 하얗게 뒤집히고, 입에는 게거품까지 물었다.

그러다 결국 피를 토하며 정신을 잃었다.

촤악!

"정신이 드나?"

리메토가 의식을 잃자 시드는 페울을 시켜 찬물을 세차게 뿌렸다.

차가운 물이 얼굴을 때리자 리메토는 힘겹게 두 눈을 떴다.

"이제 얘기를 해볼까?"

"네? 네, 네!"

리메토는 구원의 손길이라도 잡은 듯 기뻐하며 반복해서 대답했다.

천하의 망나니인 그가 존댓말까지 하며.

그만큼 시드의 고문은 지독했다.

"내가 말했지? 오늘의 대가는 비싸다고."

"그, 그렇습니다."

자신이 한 말을 되새겨 준 시드는 리메토의 태도에 흡족함을 느꼈다.

"자, 계산해 보자. 놈들을 고용하는 데 쓴 돈이 얼마지?"

"천 골드입니다!"

혹시나 시드가 재차 고문을 할까 봐 리메토는 즉각 대답했다.

"그러면 내 몸값이 최소 천 골드라는 말이군?"

"……."

리메토의 몸이 움찔거렸다. 시작부터 예상을 초월하는 금액이 나왔다.

"대화는 있다가 해야겠군."

"아닙니다! 아닙니다!"

시드에게서 살기가 흐르자 리메토는 기겁했다.

"좋아, 네가 적정선을 말해봐."

'이런, 죽일 놈!'

이미 고용비가 천 골드라고 말했다. 그러니 최소 천 골드 이상을 부르라는 뜻이었다.

"처, 천 골드."

"마나가 많이 쌓였군."

"이, 이천 골드입니다!"

'으하하!'

씰룩씰룩!

애써 웃음을 참는 시드의 볼살이 꿈틀거렸다.

더 뜯어야 했다. 그렇기에 좋아하는 티를 내선 안 된다.

"다음으로 넘어가지. 플루닉 세 기가 모두 반 박살이 났다. 그 치료비도 줘야겠어."

리메토는 속으로 기가 막혔다. 플루닉은 시드의 것이 아니었다.

"플루닉은… 치유 능력이 있습니다. 가슴에 위치한 마법진 안의 핵이 사라지지 않는 한 부서져도 원상 복구됩니다."

대답을 한 이는 리메토가 아닌 페울이었다. 그는 한쪽 팔로 힘겹게 벽에 기댄 채 숨을 헐떡였다.

'호오, 원상 복구라…….'

시드는 내심 감탄했다.

'대단하군. 심장이 사라지지 않는 한 영원히 움직이는 존재란 말이지. 박살 나도 수리비도 안 들고.'

후자에서 유독 즐거워하는 시드!

입꼬리가 올라갔다. 하지만 찰나였다. 더 뜯어내야 했다.

"그렇군, 잘 알겠다. 그러면 내 치료비로 넘어가지. 비싼 포션을 먹었다. 아직 치유되지 않은 부상도 있으며 살아남기 위해 마나의 일부를 소멸시키기도 했다."

정색한 시드의 표정 하나 변하지 않는 거짓말.

마나의 일부가 소멸되기는커녕 이제는 거의 회복된 상황이었다.

"참고로 나의 마나는 비싸다."

시드가 이를 드러내고 웃으며 리메토의 어깨에 손을 갖다 댔다.

그것도 모자라 마나도 끌어올렸다. 대놓고 협박 모드!

가난에 찌든 악마한테 제대로 날 잡힌 리메토였다.

"거, 문 값이 얼마나 비싼데."

고문을 통해 합의를 끝낸 시드가 리메토와 함께 리스네의 방을 찾았다.

"동생!"

"시드, 괜찮아?"

"형님, 도와주셔서 감사합니다. 누나, 난 괜찮아."

시드는 둘을 향해 웃으며 고개를 끄덕였다. 그리고 리메토를 리스네의 앞으로 밀치며 카란 곁에 앉았다.

"누나, 리메토가 가문을 떠나겠대. 이제 다 끝났어."

"정말?"

리스네는 믿기지 않는다는 얼굴로 리메토를 쳐다봤다.

그에게서는 더 이상 분노나 욕심은 찾아볼 수 없었다. 단지 겁에 질린 채로 살고 싶어할 뿐이었다.

“이미 리스토 백작과 얘기도 끝냈어. 그러면 다들 물러가지?”

시드는 눈치를 살피고 있는 리메토의 수하들에게 경고했다.

그러자 병사와 기사들은 서로의 눈치를 살피다 무기를 버리고 달아났다. 살아야 했다. 개죽음을 당할 필요는 없었다.

그때 스로우가 조심스럽게 말문을 열었다.

“제, 제 가족들은…….”

스로우의 말은 리메토를 향했다.

리메토는 초점이 맞지 않는 눈으로 먼 허공을 쳐다보며 중얼거렸다.

“지하 감옥에 있다.”

타타타탁!!

스로우는 서둘러 달려나갔다.

“자리 좀 피해주십시오.”

복잡하던 방이 정리되자 시드는 나스크를 비롯한 기사들에게 부탁했다. 할 얘기가 있었다.

“알겠어.”

나스크는 쉽게 수긍하며 기사들과 함께 자리를 벗어났다.

함께 있고 싶지만 자신들이 끼면 안 될 자리 정도는 구분할 줄 알았다.

그로 인해 방 안에 남은 사람들은 이제 정신을 차린 라탈 급 세 명을 포함한 여덟 명이었다.

"작별 인사를 하도록 해. 그래도 핏줄이니까. 너희들은 나랑 얘기 좀 해야겠다."

시드는 리메토에게 말을 하다 고개를 돌려 피의 눈물 살수들한테 짓궂은 미소를 선사했다. 그러자 셋의 몸이 움찔거렸다. 두 눈동자에 공포가 차올랐다.

"그러면 수고해."

시드는 혹시 모를 사태를 대비해 방에 카란을 남겨둔 다음 셋과 함께 리메토의 거처로 향했다.

"이제 얘기를 좀 해볼까?"

"무, 무슨 얘기 말이냐… 요?"

대머리사내 키세스의 어정쩡한 존대에 시드는 실소를 흘렸다.

"깔 거면 확실히 까고 아님 높여. 내가 알고 싶은 것은 플루닉에 관한 정보들이다. 플루닉들은 꼭 계약자가 죽어야 계약이 해제되는가?"

"그것은 아니다. 계약자가 스스로 해제를 원할 경우에도 가능하다."

"그래?"

시드의 얼굴이 밝아졌다. 탐이 났다. 가격도 그랬지만 능력은 두말할 필요 없었다.

만약 앞으로 이런 일이 벌어졌을 때 플루닉 세 기가 힘이 되어준다면 그 어떤 적도 무섭지 않을 것이다.

더군다나 죽이지 않아도 된다니 금상첨화!

"플루닉은 한 명당 한 기만 쓸 수 있나?"

"아니, 계약자가 능력만 된다면 여러 기와도 계약을 맺을 수 있다."

시드의 두 눈이 반짝였다.

"그러면 마탈 급인 난? 에트 급 세 기가 가능해?"

"마탈 급이라면 충분히… 무, 무슨 뜻이냐?"

맞을까 봐 열심히 대답을 하던 키세스는 불현듯 이상한 점을 느꼈다.

설마 자신들의 플루닉을 가져갈 생각인가!

"무슨 뜻이기는, 날 노린 대가를 받으려는 거지."

당연하다는 듯한 시드의 뻔뻔 모드!

"말도 안 되는 소리! 플루닉의 값어치가 얼만데!"

"설마 내 목숨보다 비싸다는 뜻인가?"

시드의 목소리가 가라앉으며 마나가 방 안을 가득 메웠다. 키세스는 차마 입을 열지 못한 채 자리에 주저앉았다.

마음 같아서는 그렇다고 외치고 싶지만 그랬다가는 죽음을 면치 못할 테다.

마나는 어느 정도 회복되었다. 하나 플루닉들의 부상을 생각했을 때 소환하기 위해서는 최소 일주일이 지나야 한다. 파괴된 플루닉들은 스스로 완벽하게 치유되기 전까지는 모습을 드러내지 않기 때문이다.

'어차피 답은 정해졌군. 괴물이 둘이나 있다.'

머릿속을 굴리던 키세스는 길게 한숨을 내쉬었다. 설령 플루닉들을 소환할 수 있다 할지라도 이길 수 없었다.

눈앞에 소년이야 어떻게 해보겠지만 이 저택에는 그도 있었다.

만약 싸움이 시작된다면 카란이 가장 먼저 마나의 움직임을 파악하고 달려올 것이다.

진퇴양난!

플루닉을 잃으면 후환이 두렵고, 지키자니 목숨이 사라진다.

"플루닉의 가격이 얼마지? 내가 정확한 액수를 몰라서 말이야. 응? 거참, 계속 입 다물고 있을래? 난 다른 사람하고도 협상을 해야 하는 바쁜 몸이시다. 귀찮게 하지 말자."

말을 해야 하나 말아야 하나 고민하던 키세스는 송곳 같은 살기가 피부를 날카롭게 파고들자 결국 입을 열었다.

분노한 마스터는 일단 뒷일이었다.

"프, 플루닉은 같은 급이라 할지라도 성능에 따라 가격의 차이가 크다. 평균적인 가격은 이트 급이 5만 골드, 에트 급이 30만 골드이다."

'컥! 30만 골드!'

시드의 얼굴에 화색이 돌았다. 세 기면 90만 골드! 인생에 축복의 꽃이 활짝 폈다.

“그리고?”

시드는 다음을 재촉했다. 자신에게는 마탈 급의 플루닉도 있었다.

입술이 말랐다. 에트 급이 30만 골드면 라탈 급도 아닌 마탈 급의 플루닉은 도대체…….

“라탈 급부터는 평균 가격이 없다고 봐도 무방하다. 능력의 차이도 한몫하지만 발동 조건 때문이다.”

“발동 조건?”

키세스는 숨을 한 번 고른 뒤 고개를 끄덕였다.

“라탈 급부터 존재하는 발동 조건은 다양하다. 황금인 경우도 있고 구하기 힘든 마법 재료가 필요한 플루닉도 있다. 그래서 발동 조건과 능력 모두를 종합해 해제 전후의 가격이 매겨진다. 그중 가격 격차가 가장 큰 플루닉은 바로 이세스다.”

“이세스?”

처음 듣는 이름에 시드는 호기심을 감추지 않았다.

“이세스는 바로 이 백작가에 대대로 물려지는 플루닉으로 그 능력은 감히 넘볼 수 없을 정도이고 발동 조건 또한 극히 어렵다고 알려졌다. 그로 인해 해제 전에는 가격이 매겨지지가 않지만 해제 후에는 부르는 게 값이다. 현 대륙 최강의 플루닉이니.”

“조건이 뭐지?”

리스네와 리메토가 거금을 주면서 지키고, 죽이려는 이유가 이해됐다.

시드의 질문에 키세스는 고개를 저었다.

"그 누구도 알지 못한다. 무슨 이유에서인지 이세스의 조건만은 혈육 외에는 비밀을 철저히 지키고 있다. 그러니 해제 전에는 가격을 매길 수 없는 것이다. 단, 가문이 공작에서 백작으로 밀려날 때도 플루닉의 발동 조건을 해제하지 못한 걸로 봐서 추측할 뿐이지. 또한, 이세스의 플루닉은 라탈 급 중에서 가장 강력했기에 추측의 신빙성을 더했고 말이다."

'혈육만 안다라……'

시드는 궁금증이 밀려왔지만 중요한 것은 이세스가 아니기에 원래 목적으로 넘어가기로 했다.

"마탈 급은?"

"마탈 급은……."

시드는 떨리는 심정으로 키세스의 입술을 바라봤다.

"가격이 없다."

"에? 무슨 뜻이냐?"

시드의 표정이 일그러졌다. 상식적으로 제일 비싸야 정상이 아닌가!

키세스는 분위기가 험악하게 급변하자 다급히 추가 설명을 붙였다.

"마탈 급 플루닉은 소환할 수 있는 이가 존재하지 않는다.

조건도 어느 정도인지 알 수 없고. 더불어 마탈 급을 소환할 수 있는 소울 급의 능력자도 이 세상에 없다. 해제 전후의 마탈 급은 가격이 없는 것이다. 물론 소울 급의 존재가 나타난다면 얘기는 달라질 테고, 만약 소울 급이 마탈 급의 플루닉을 보유하고 있다면 그 존재 자체가 돈이며, 이 대륙도 지배할 수 있을 것이다.”

'대륙의 지배…….'

충분히 가능한 일이었다.

지금 이 시점에서 소울 급의 인물이 나타난다면 마탈 급의 플루닉이 없다 할지라도 대륙은 긴장할 테니까.

그와 함께 짙은 아쉬움을 느꼈다. 대충 예상은 했지만 가격이 아예 없다니…….

결국 다크 플루닉을 돈으로 환산하기 위해서는 자신이 소울 급이 되는 수밖에 없었다.

“그래, 잘 알겠다. 그러면 이제 대가를 받아볼까?”

플루닉에 대해 많은 정보를 알아낸 시드는 속이 시원한 얼굴로 굶주린 이빨을 드러냈다.

“크흐윽!”

시드는 다리가 풀리는 것을 느끼며 바닥에 주저앉아 흐느꼈다.

전신에서 피어오르는 서러움!

'내 30만 골드!'

플루닉 세 기를 얻었다. 처음에는 저항했지만 몇 대 때리니 결국 그들은 포기했다.

단, 계약 해제는 가능했지만 아직 플루닉들이 자체 치유를 하는 중이라 바로 계약을 맺을 수 없었다.

그러나 얻은 사실만으로도 충분히 만족했으며, 플루닉들이 잠들어 있는 반지 두 개와 귀고리 하나를 마법 주머니에 넣은 시드는 콧노래를 부르며 방을 나왔다.

한데 바로 문 앞에 카란이 불쌍한 표정을 지으며 서 있었다.

"나도 플루닉 한 기 있으면 좋겠는데……."

직접적으로 달라고 하지 않는 간사함!

부들부들!

시드는 온몸을 떨며 갈등했다.

주자니 30만 골드가 너무도 아까웠다. 350골드의 마나스톤을 살 때도 그렇게 힘겨워했던 자신이 아닌가!

그렇지만 카란이 없었더라면 자신은 이미 죽었을 것이며 플루닉 세 기도 얻지 못했을 테다.

결국 시드는 20여 분 동안 식은땀까지 흘리며 망설이다 결국 애써 쿨하게 수락하며 마법 주머니에서 반지 두 개와 귀고리 하나를 꺼냈다.

그중에서 카란은 빨간 반지를 선택했다.

팔이 비정상적으로 길고 마나를 주먹에 압축시키는 특수

능력을 가진 플루닉이었다.

"크윽! 다음부터는 더욱 조심해야겠어."

아무도 없다고 생각했다.

나오기 전 혹시나 해서 기척을 감지해도 잡히지 않았다. 하지만 카란이 자신보다 강하다는 사실을 간과했다.

'그래도 두 기는 챙겼잖아.'

애써 스스로 위로하는 시드.

이제 와 돌려달라고 할 수도 없는 노릇이고, 자신의 목숨을 두 번이나 구해준 카란이기에 좋게 생각하자고 결심했다.

단, 웃고 있지만 흐르는 눈물은 어쩔 수 없었다.

"시드, 정말 고마워."

"아니야. 난 할 일을 했을 뿐인걸."

"그래도 고마워. 정말. 너로 인해서 모든 것이 다 잘 풀렸어."

리스네의 거처로 들어가자 타렌과 둘이 있던 리스네가 시드를 끌어안으며 감사를 표시했다.

시드의 얼굴이 붉어졌다. 그녀의 풍만한 가슴에 얼굴을 파묻었기에.

"나도 고맙네."

그때 뒤에서 타렌 역시 진심을 표현하자 시드는 눈웃음으로 대답을 대신했다.

언제나 티격태격했고 매번 자신이 놀리는 편이었지만 사

람은 마음에 들었다.

다혈질인만큼 솔직했으며 언제나 변함없이 리스네의 곁에
서 있다.

충직한 인물이다.

"아참, 누나. 알지?"

자리에 앉아 하녀가 따라주는 차를 한 모금 마신 시드가 리
스네를 불렀다.

이제 마지막 계산을 할 차례였다. 리스네는 의미를 알아차
리며 미소를 머금었다.

"후후, 그럼. 천 골드를 줄게."

'이것 봐라?'

시드는 속으로 실소를 흘렸다.

천 골드면 대단히 많은 금액이었다. 이세스의 플루닉에 관
한 얘기를 듣기 전까지는.

"너로 인해서 나는 백작의 직위와 많은 것을 가지게 되었
어. 위험에서도 벗어났고. 천 골드까지는 얼마든지 줄 수 있
어."

'역시 쉽지 않은 여자야.'

까지는이란 표현을 붙였다.

챙겨주는 듯 생색을 내지만 그 이상은 주지 않겠다는 뜻이
다. 하나 쉽게 물러날 시드가 아니었다.

안 그래도 에트 급 플루닉까지 강탈당해 최대한 뜯어내야

했다.

"으하하! 천 골드면 정말 많네. 몇 번이나 죽을 뻔했지만 내 목숨 값이 천 골드나 된단 말이지?"

가시가 박힌 시드의 발언!

"무슨 소리야? 너와 천 골드를 어찌 비교하겠니. 단지 내가 현재 쓸 수 있는 한계치일 뿐이야."

"알아, 현금은 많지 않다는 것을."

미안한 표정으로 웃고 있던 리스네의 볼살이 움찔거렸다. 돈을 대신할 다른 것들을 달라는 뜻이다.

'좋아, 시드. 이번에도 내가 넘어가 주겠어.'

리스네는 작은 것을 희생하기로 결심했다.

"좋아, 천 골드에 상급 마나스톤 세 개, 보석으로 천 골드. 총 3천 골드를 줄게. 이 정도면 어때?"

"역시! 누나밖에 없어!"

"대신 바로 떠나지 마. 며칠 더 나와 같이 지내자. 이렇게 작별하면 아쉬우니."

"음, 그럴까?"

처음의 액수 세 배를 뜯어내 기분이 좋아진 시드는 거절하지 않았다.

이제는 굳이 있을 필요가 없었지만 어차피 갈 곳도 없었다.

거기에 이곳 음식은 푸짐하고 맛있으며 간식도 챙겨줬다.

시드의 입장에서는 반길 제안이었다.

‘며칠만 더 기다려. 네가 웃는 날도 얼마 남지 않았으니.’

리스네는 타렌에게 시선을 돌렸다.

“타렌, 가져와 줘요.”

“네, 아가씨.”

타렌이 돈과 마나스톤, 보석을 가지러 밖으로 나갔다.

그때 거짓된 상냥함으로 가려진 리스네의 눈빛에 시드를 향한 악의가 잠시 깃들었지만, 수입을 계산하며 행복에 젖어 있던 시드는 알아차리지 못했다.

‘얻게 된 상급 마나스톤이 총 일곱 개, 에트 급 플루닉 두 기, 보석에 골드까지! 으하하!’

시드는 속으로 광소를 터뜨렸다.

호위를 받는 리스네. 죽이려고 찾아온 피의 눈물. 죽이라고 사주한 리메토.

그 셋으로 인해 하룻밤 새 번 돈이 총 60만 골드가 넘었다.

위험했고 플루닉 한 기를 빼앗기기는 했지만, 결과적으로 사방에서 골드와 마나스톤, 보석, 플루닉까지 긁어모았다.

이것이 바로 일석이조, 아니, 일석삼조였다.

CHAPTER 06
흔적

“그래, 알아보았느냐?”

주름진 피부, 백색의 짧은 머리. 그러나 단단해 보이는 체격과 좌중을 압도하는 눈빛을 가진 중년인의 입에서 묵직한 목소리가 흐르자, 그 앞에 무릎을 꿇고 있던 남자가 고개를 들며 보고했다.

화려한 의자에 앉아 있는 중년인은 리샤르 왕국의 실세였다.

“피의 눈물이 침입을 한 사건이었습니다. 의뢰자는 리메토. 목표는 리스네의 암살이었습니다.”

“뭐라고?”

콰지직!

중년인이 두꺼운 주먹으로 탁자를 내려쳤다. 단단해 보이는 나무 탁자는 충격을 이기지 못하고 부서졌다.

분명 일을 저지를 놈이라고는 생각했다.

하지만 제아무리 악독하다 할지라도 자신의 친동생을 살해할 마음까지 먹을 줄은 예상치 못했다.

사람이라면 어떻게 그럴 수가 있단 말인가!

"의뢰는 실패했습니다. 리스토 백작님과 리스네 아가씨 모두 안전합니다."

중년인에게서 구토가 치미는 살기가 발휘되자, 남자는 서둘러 그의 화를 풀어주기 위해 노력했다.

"피의 눈물에서는 라탈 급 세 명과 에트 급 플루닉 세 기까지 대동했지만 한 소년이 막았다고 합니다."

"소년?"

중년인의 두 눈이 부릅떠졌다.

새벽, 리스토 가에서 경악할 수준의 마나가 감지되었다.

위험을 빨리 알아차리기 위해 설치된 마나 감지기로 알게 됐는데 파악된 수치만 해도 마탈 급 둘에 라탈 급 여섯!

정말 드문 일이었다.

찾아다녀도 보기 힘든 마탈 급이, 그것도 둘이나 리스토 가에 왜 나타났을까? 또한 라탈 급 여섯은 무엇이란 말인가?

그래서 리스토 가에 조사단이 파견되었고, 지금 그 결과를 듣는 중이었다.

한데, 소년이라니……. 이제는 놀람을 넘어서 꿈인지 현실인지 분간이 되지 않았다.

"그 말… 사실인가?"

중년인의 목소리가 떨렸다.

"네, 그렇습니다. 있을 수 없는 일이지만 소년이 바로 마탈 급 중 한 명이었습니다."

"몇 살이라 하던가?"

"여, 열 살이라고 합니다."

"열 살!"

힘겹게 안정을 취하며 자리에 앉았던 중년인이 자리에서 일어섰다.

거짓을 고할 리가 없다. 그렇다면 정말 열 살의 마탈 급이 존재한다는 뜻!

"하, 하하, 열 살이라……. 그러면 다른 한 명의 마탈 급은 누구인가?"

"카란이라고 합니다."

"카란? 검은 달의?"

중년인이 의아한 얼굴로 되물었다. 전혀 예상치 못한 인물이다.

"네, 그렇습니다."

"그가 왜? 리스네가 검은 달에 의뢰를 한 것인가?"

의문에 남자는 고개를 저었다.

"아닙니다. 그 소년과의 친분으로 도움을 줬다고 합니다."

"허험… 카란하고의 친분이라?"

중년인은 기가 찼다.

갑작스럽게 나타난 마탈 급 소년만으로도 충격적인데 외톨이란 소리를 들으며 다른 마탈 급들과도 교류가 거의 없는 카란이 검은 달의 피해를 예상하면서도 나섰다.

지금의 모든 상황이 꿈만 같았다.

"알겠다. 나가보아라."

"알겠습니다."

중년인의 명에 남자는 고개를 숙여 보인 후 몸을 감췄다. 찰나에 사라지는 움직임이 라탈 급의 실력자로 추정됐다.

방에는 무거운 침묵이 흘렀다. 중년인은 턱을 매만지며 생각에 잠겨 있었다.

"일단 만나봐야겠군."

공작 프리야는 결단을 내렸다.

"쿨럭! 쿨럭!"

리스토 백작의 끊이지 않는 기침 소리가 그의 상태가 얼마나 좋지 않은지 알려주었다.

기침을 할 때마다 붉은 피가 밖으로 드러났고, 저러다 숨이 멎지 않을까 걱정이 들 정도였다.

그런 리스토 백작을 바라보는 한 명의 소년이 있었는데, 붉은 머리카락과 눈동자의 시드였다.

'왜 부른 거지?'

시드는 리스토 백작의 기침이 멈출 때까지 기다리며 곰곰이 생각했다.

피곤했던 새벽이 지나고 마나 호흡을 하고 있었다. 한데 타렌이 찾아오더니 리스토 백작의 거처로 안내했다.

새벽, 리메토와 백작을 찾았을 때는 혹시 모를 헛소리에 대비해 마나의 고문을 심어둔 상태에서 그만 들여보냈다.

굳이 같이 들어가서 백작과 얼굴을 마주할 필요가 없는 듯하니.

"자네인가?"

"무엇이 말입니까?"

"새벽에 소란을 피운 놈 말이네."

병으로 인해 원래 나이보다 훨씬 더 들어 보이는 리스토 백작. 그는 얘기하는 것조차 힘이 들어 보였다.

"단지 살기 위해 발버둥 쳤을 뿐입니다."

"크크큭, 그런가?"

시드는 리스토 백작의 날카로운 두 눈을 응시했다.

평범한 인물이 아니었다. 죽어가는 와중에도 눈빛만큼은 칼날의 예리함을 잃지 않고 있다.

"자네로 인해 판도가 바뀌었군."

“뭐, 그렇게 된 듯하군요.”

“아쉬워. 많은 기대를 했는데… 싱겁게 끝나 버렸어.”

시드의 표정이 굳었다.

리스토 백작은 진심이다. 리스네와 리메토가 더욱 더럽혀지기를 바랐다.

아무리 내놓은 자식들이라 할지라도 자신의 혈육인데.

“하늘이 리스네의 편이었군. 너 같은 괴물을 보냈으니.”

“괴물이라……. 백작님 역시 다를 바 없는 듯하군요.”

그의 솔직함에 시드는 맞받아쳤다. 리스토 백작은 부정하지 않았다.

“그래, 나도 괴물이지. 감정이 메마른. 하나 사람은 누구나 환경의 동물이 아닌가? 자네와 나의 삶은 다르다네.”

“그런가 보죠.”

시드는 수긍했다.

세상에는 수많은 사람에 비례하는 삶과 주관이 존재한다.

자신과 다르다 할지라도 틀린 답은 아니며, 자신의 답이 언제나 정답도 아니다.

“자네는 여우를 택했어. 후회하지 않는가?”

‘여우라…….’

시드는 속으로 실소를 흘렸다. 리스네와 딱 맞아떨어졌다.

“여우는 저를 물려고 하지 않았습니다.”

“크큭. 아직 물지 않은 것일 수도 있지.”

“무슨 뜻이죠?”

“글쎄?”

시드는 짜증이 나기 시작했다. 뭔가 있는 듯 말을 하지만 정작 본질에 대해서는 속 시원하게 알려주지 않는다.

“이만 가보겠습니다.”

결국 아무것도 캐내지 못한 채 대화가 끝났다. 리스토 백작의 목소리가 귀를 파고들었다.

“여우의 무서움은 속을 아무리 벗겨도 알 수 없다는 점이지.”

“……”

스르르륵, 철컥!

커다란 문이 닫혔다. 시드는 한참이나 문에서 시선을 떼지 않았다.

그리고 리스토 백작에게 들리지 않는 대답을 하며 걸음을 옮겼다.

‘저를 물면 독에 중독되어 죽습니다.’

“시원하다!”

리스토 백작의 거처를 벗어난 시드는 차가운 물에 몸을 씻었다.

‘리스네를 향한 경계를 높여야겠어.’

자신에게 추측 이상의 무언가를 알려준 것인지, 아니면 싱

겹게 끝난 자리다툼으로 인해 리스네와 자신을 부추기는지
알 수 없다.

　평범한 정신은 아닌 듯했으니 충분히 가능성이 있었다. 즐
거움을 위해서.

　그러나 언제나 만약은 존재하기에 조심해서 나쁠 일은 없
었다.

　'수련이나 할… 어?'

　그 순간 시드는 강렬한 살기에 다급히 신형을 틀었다.

　숨이 막힐 정도의 마나였다. 자신조차 긴장하게 만드는 실
력자다.

　'살수인가?'

　시드는 마나를 끌어올리며 적을 찾았다. 하지만 늦은 대처
였다.

　푸우욱!

　"어떠냐!"

　"커어어억!!"

　파르르르!

　뒤에서 느껴지는 기척에 기습을 하려다 말고 석고상처럼
몸이 굳은 시드.

　곧 감전된 듯 전신을 사정없이 떨었으며 두 눈에는 눈물마
저 맺혔다!

　"이게 뭐 하는 짓입니까?"

한참 동안이나 아픔과 충격 속에서 벗어나지 못하다 겨우
정신을 차린 시드는 소리를 버럭 질렀다.

자신을 기습한 이는 다름 아닌 카란이었다.

“들어갈지는 몰랐다.”

카란은 진심을 담아 사과했다.

단지 반가움의 의미로 똥침을 날려주고 싶었을 뿐이다.

더불어 박히자 자신도 모르게 돌렸을 뿐이고…….

“으윽!”

시드는 울컥했다.

그래, 살다 보면 실수를 할 수도 있다.

그렇지만 돌린 것은 엄연한 살인 미수였다. 마탈 급의 손가
락이 아닌가!

항문이 파괴라도 되면 도대체 어떻게 복구해 주려고.

“아무리 그래도 그렇지!”

시드가 화를 풀지 않자 카란은 비장의 카드를 꺼냈다.

“아참! 널 위해서 가져왔는데, 어떠냐?”

“형님! 완전 사랑합니다!”

마나스톤이 나타나자 태도가 돌변하는 시드!

“크큭! 역시 너와는 잘 통한다니까!”

“이제 아셨습니까! 으하하!”

시드는 항문이 살해당할 뻔한 일은 순식간에 잊으며 화통
하게 웃었다.

그러면서 손은 빠르게 상급의 마나스톤을 챙겨 마법 주머니에 넣는다.

기계보다 정확하고 빛보다 빠른 손놀림.

"아무리 생각해도 플루닉을 그냥 얻은 것이 미안해서 말이야. 그런데 오늘 뭐 할 생각이냐?"

"저요? 저는 새로운 검술 연마를……."

"으응? 검술?"

"아, 아닙니다."

시드는 말을 꺼냈다가 황급히 번복했다.

마나스톤을 공짜로 줘서 카란이 대인배라고 착각할 뻔했다.

카란 그가 누구인가! 날로 에트 급 플루닉 한 기를 날름한 경계 대상이다.

절대 그 앞에서 돈이 될 만한 것이라면 꺼내지도 말고 얘기하지 않기로 결심했다.

아직 익히지 못한 서적들은 모두 대단한 값어치를 가지고 있었다.

만약 카란이 알게 된다면 분명히 탐낼 터.

모든 사람이 자기 같은 줄 아는 시드였다.

"할 일은 없습니다만……."

"그래? 그러면 놀러 가자. 오늘 특별히 데이트를 해주마."

"굳이 쓸데없는 배려를……."

"으응? 죽고 싶다고?"

카란의 막무가내에 시드는 속으로 한숨을 내쉬었다.

새벽의 일을 겪은 후, 힘에 대해 다시 생각하게 됐다.

카란은 같은 마탈 급이니 그렇다 치더라도 피의 눈물의 살수들은 라탈 급이었다. 하지만 플루닉이라는 최강의 병기들이 합세하자 자신의 목숨도 위험했다.

지금보다 더욱 강해져야 한다. 그 어떤 일에도 위험을 느끼지 못하도록 말이다.

그래서 수련에 열중하고 싶은데 협박까지 하며 밖으로 나가자니?

"일 안 바빠요?"

검은 달은 유명한 살수 집단이었다.

카란은 그곳에서 가장 실력자이니 당연히 일도 많을 텐데 왜 자꾸 놀러 오냔 말이다.

"걱정 안 해도 된다. 어제 피의 눈물이랑 사고 쳤다고 두목이 꼴도 보기 싫다며 나가라던데? 휴가를 주니 나야 좋지. 아무래도 우리 아우랑 푹 쉬라는 뜻 같아."

'아니, 그걸 어떻게 휴가라 생각하고, 왜 저를 집어넣습니까!'

시드는 없던 고혈압을 느끼며 뒷목을 부여잡았다.

그리고 숨을 천천히 내쉬어 진정한 다음 조심스럽게 말을 꺼냈다.

“아! 갑자기 할 일이…….”

“웅? 나 같은 놈이랑은 놀고 싶은 마음이 때려 죽여도 없다고?”

“…….”

코앞에 나타난 구겨진 카란의 얼굴! 억측과 하나 되어 흘러넘치는 살기와 마나!

시드는 주먹을 불끈 쥐었다.

아무리 카란이 강하다 할지라도 자신에게도 프라이버시가 존재한다.

계속 이렇게 끌려 다닐 수는 없다.

어느덧 자신을 몇 번이나 살려준 일은 까맣게 잊어버린 이 기적인 기억력!

“형님!”

카란의 시선을 회피하지 않고 맞부딪치며 시드는 고함을 질렀다.

자신이 누구인가? 비록 전생의 기억을 가지고 사자의 능력으로 육체가 완벽하게 구성되었다 할지라도 열 살에 마탈 급 경지를 달성한 위대한 인물이었다.

“왜… 왜?”

그런 시드의 모습에 장난으로 협박하던 카란은 움찔하며 뒤로 물러섰다.

그 틈을 놓치지 않고 밀어붙이는 시드.

“도시락은 제가 챙깁니다.”

쿨하게 숙이고 뿌듯해하는 시드였다.

“나간 것이냐? 쿨럭쿨럭!”

“네.”

리스네는 표정 변화 없이 딱딱하게 대답했다.

세간에는 리스네가 예쁨을 많이 받는다고 알려져 있었지만 서로를 처다보는 부녀의 눈동자에는 애정이 담겨 있지 않았다.

“그래, 어쩔 것이냐?”

“가문의 명예를 되찾겠어요.”

리스네가 창가로 고개를 돌리며 대답했다. 밖으로 나가는 시드와 카란의 모습이 보였다.

그런 리스네를 바라보는 리스토의 얼굴에는 여러 감정이 교차했다.

“너를 살린 놈이다.”

“어차피 제가 이길 싸움이었어요.”

“그렇다 할지라도 그 아이가 구해줬다는 사실은 변함없다.”

“그래도… 저에겐 가문이 먼저예요.”

“으크크! 역시 넌 대단한 계집이구나.”

리스토는 광소를 터뜨렸다.

즐거움과 비난이 하나 된 웃음이었다.

"후후, 전 아버지와 다르니까요. 기억나요? 어머니가 어떻게 돌아가셨는지?"

"네 이년!"

쿨럭! 주르륵!

리스네의 해서는 안 될 발언에 리스토는 소리쳤다.

그로 인해 입에서 피가 토해졌지만 그는 물론 리스네조차 신경 쓰지 않았다.

"왜 그러시죠? 혹시 죄책감을 느끼시나요? 자신의 잘못된 판단에? 아버지의 선택이었어요. 어머니를 죽게 하지 않을 수도 있었고 다시 공작의 자리를 찾을 수도 있었죠! 아버지 당신은 친구를 지켜주다가 어머니를 죽였어요! 만약… 이세스만 부활시켰더라면 어머니가 그런 봉변을 당하시지도 않았겠죠……."

리스네의 두 눈에 독기가 서렸다. 끝없는 증오와 슬픔.

"네년의 뜻은… 우리 가문을 위해 그를 희생시켜야 했었다는 말이냐!"

"대답할 가치가 없는 물음이군요."

스르르르.

리스네의 광기 어린 눈동자와 웃음을 확인한 리스토는 침대에 쓰러지듯 누웠다.

"크크큭!"

그리고 한참이나 웃음을 터뜨렸다. 아니, 웃음에 가려진 통곡이었다.

자신에게는 리스네를 혼내고 가르칠 자격이 없었다.

사랑하는 여자조차 지킬 수 없었던 못난 남자였으니.

밝은 아이였다. 가족을 사랑하고 남을 아끼는 아이였다.

또래에 비해 월등히 영특한 점이 유일한 걱정일 정도로 곧고 바르게 자랐다.

하나 그녀의 죽음이 밝혀지면서 유리는 파편을 흩날리며 깨졌다.

누구는 돈이 힘이라고 했다. 돈만 있으면 모두를 부릴 수 있다고, 권력은 사라지지만 돈은 영원하다고.

리스토 백작 역시 그렇다고 믿었다. 그러나 모두에게 통하는 법칙이 아니다.

돈은 힘이 될 때도 있지만 단지 졸개에 불과했다.

권력은 사라진다. 하지만 새로운 권력이 그 자리를 잡아먹는다. 변화 사이에서 돈은 여전히 피를 빨아 먹힐 뿐이다. 짐승들의 썩은 이빨에 의해.

어느 날이었다. 평소 미모와 기품이 남다른 리스네의 어머니가 왕궁에서 부름을 받았다.

이유를 알 수 없었지만 리스토는 거절할 수 없었다. 리샤르 왕의 부름이었으니.

하루가 지났다. 리스네의 어머니는 돌아오지 않았다.

또 하루가 지났다. 누군가 찾아왔다. 친구이자 리스네를 자신의 딸처럼 아끼는 프리야 공작이었다.

그가 무릎을 꿇고 고개를 땅에 박았다. 바닥이 눈물로 적셔졌다.

미안하다고 했다. 사실을 알게 되었을 때는 너무 늦었다고 했다.

알게 된 지금도 자신은 아무것도 할 수 없다고 했다.

자신이 살아 있는 이유는 그를 지키기 위해서라며.

리스토는 웃었다. 두 눈이 시뻘겋게 충혈됐고 주먹을 너무 꽉 쥐다 보니 손톱이 살점을 파고들어 피가 흘렀지만 마냥 웃었다.

프리야 공작이 돌아가고 나서야 이불을 뒤집어쓴 채 한참이나 입을 막은 채 비명을 질렀다.

아름다운 미모를 간직하고 있던 그녀. 그런 그녀에게 호시탐탐 음흉한 눈길을 보내던 왕. 알면서도 모른 척해야 했던 자신.

믿었다. 불쾌했지만 안심했다.

오랜 시간 이세스의 플루닉을 깨우지 못해 지금은 백작의 작위를 가지고 있지만 과거에는 공작가였다.

또한 리샤르가 번영하기까지 혁혁한 공신을 세운 가문이다.

참자. 그러면 다 끝날 일이다. 단지 입맛만 다실 뿐이었다.

그런데 믿음이 산산조각 났다. 백작의 아내를 탐하려다 반항하자 술김에 죽여 버리다니.

리스토는 피가 거꾸로 솟았다. 그럼에도 아무런 대처를 할 수 없었다.

돈에는 한계가 존재했다. 제아무리 돈이 많아도 한 나라와 싸울 수는 없었다.

그것도 4대왕국 중 하나인 리샤르와.

피눈물이 비집고 나왔지만 왕이 내린 보상을 받으며 침묵을 지킬 수밖에 없었다.

그 후 리스네는 변했다.

"저는 가문을 일으킬 거예요."

리스토는 아무런 대답도 하지 못했다.

잊고 살기 위해 노력해도 영혼에 박혀 떠나지 않는 그녀. 오늘따라 아내의 숨결이, 향기가, 따스함이 그리웠다.

"그리고 삼켜 버리겠어요. 저의 증오와 함께 이 나라를, 더러운 왕을……."

위험한 발언이었다.

누가 듣는다면 당장 반역죄로 처형될 수도 있었다. 그만큼 현재 리샤르 왕국에서 왕의 권력은 대단했다.

터벅터벅.

그 말과 함께 리스네는 등을 돌렸다. 리스토는 안타까운 눈 길로 그녀의 여린 뒷모습을 바라봤다.

무서운 계집, 가여운 계집, 끝을 알 수 없는 깊은 원한으로 인해 스스로를 파멸시킬 어리석은 계집.

"하나만 묻자."

"말하세요."

리스토의 갈라진 목소리에 리스네는 방문의 손잡이를 잡은 채 멈췄다.

"만약 그 꼬마를 만나지 않았더라면 어떻게 이세스를 깨울 생각이었느냐?"

문의 손잡이가 천천히 돌아가면서 방문이 열렸다. 리스네는 밖으로 나갔다. 리스토를 쳐다보며 붉은 입술을 움직였다.

"아버지의 친구도 마탈 급이잖아요."

리스네가 웃었다. 리스토가 웃었다.

전혀 다른 의미를 보유한 채.

"자, 마무리를 위해 한잔하자."

"정말 마무리입니까?"

"크큭. 그럼!"

카란의 뒤를 따라 주점을 찾은 시드는 강조해서 물은 다음 피곤함을 느끼며 의자에 털썩 주저앉았다.

원치 않은 외출이었지만 어차피 카란이 말로 해서 통할 상대도 아니고 즐겁게 놀기로 결심하고 기대했다.

전생에는 오로지 일, 일, 일! 현생에서는 수련, 수련, 수련 이었으니.

하지만 시드의 바람은 시작부터 무너졌다.

처음에는 저택의 정원을 천천히 걸었다.

어차피 오늘 하루는 긴데 정원을 구경하자는 카란의 의견으로.

시드는 동의했고, 꽃을 구경하다 문득 배가 고파 카란을 돌아봤다. 배고프니 도시락을 먹자고 말하기 위해.

그리고 볼 수 있었다. 열심히 도시락을 먹고 있는 카란을.

리스네에게 부탁해 만들어진 초호화 도시락이었다.

내용물을 확인했을 때 얼마나 입에 침이 고였던가! 그런데 한입도 남기지 않고 배고팠다는 이유로 혼자 다 먹어버리다니!

정말 속상해서 눈에 눈물까지 고였지만 카란은 냉정했다.

돌아가 재차 도시락을 만들어 오겠다는 시드의 제안을 들은 척도 안 하며 달리기 시작한 것.

그것도 마나까지 운용한 굉장한 속도였다.

오늘 가야 될 곳이 많다며 밥도 다 먹었으니 빠르게 움직이잔다.

시간이 남아도니 천천히 정원을 구경하자 할 때는 언제고.

정말 제대로 밉상이었지만 시드는 애써 참으며 그 뒤를 따랐다. 하나 이것은 놀러 나온 게 아닌 수련이었다.

달렸다. 하루 종일 달리고 또 달렸다.

죽도록 달려서 한곳에 도착하면 잠시 둘러보고 또 달리는 일의 반복이었다.

그러다 날이 저문 지금에서야 마지막이라며 술집에 들렀다.

"자! 한잔 마시자!"

주문한 술과 고기 살점으로 만든 요리가 도착하자 카란은 군침을 삼키며 술잔을 들었다.

이 세계에서는 어리다고 술을 못 마시는 법이 없기에 시드도 망설임없이 잔을 부딪쳤다.

"그런데 이유가 뭡니까?"

목을 톡 쏘면서 달콤한 맛이 느껴지는 술을 비운 시드는 고기를 한 점 집어 먹으며 불만스러운 표정으로 물었다.

평범하면서도 즐거운 하루를 바랐다.

한데 카란에게 있어 평범한 즐거움은 남들과 심하게 달랐다!

"조금 있다 말해줄게. 이유가 있어."

카란은 달리는 내내 입술이 나와서 투덜거리던 귀여운 시드를 떠올리며 달랬다.

꼭 함께 가보고 싶은 곳들이기는 하지만 미안한 마음이 들었다.

드르륵! 우당탕!

시드와 카란이 재차 술잔을 부딪칠 때였다.

갑자기 주점의 문이 열리며 10여 명의 남자가 화난 표정으로 들어왔다.

그들의 몸에 부딪치는 식탁과 의자들이 넘어졌다.

"젠장! 이놈들, 어디 있어!"

안 좋은 일이 있었는지 오자마자 큰 소리를 치는 남자들. 호기심에 고개를 돌린 시드는 피곤해졌다.

낯익은 얼굴들이었다. 찾는 놈들이 누군지 알 것 같았다.

"감히 나를 건드려! 잡히기만 해봐라!"

그중 40대 중반의 험악한 인상을 한 두꺼운 근육질의 남자가 재차 분을 못 이겨하며 자리에 앉았다.

그리고 남자와 시드의 눈이 딱 마주쳤다.

"하여튼 그놈이랑 꼬마 놈… 어?"

"……."

남자는 말을 하다 말고 멍한 표정이 되었다. 그러다 곧 정신을 차리며 자리에서 벌떡 일어나 손가락으로 시드와 카란을 가리켰다.

"얘들아! 저놈들이다!!"

"이런! 죽여 버려!"

"감히 우리 두목을!"

'되는 일이 없군.'

두목의 명에 부하들이 달려들자 시드는 고개를 저으며 술잔을 내려놨다.

정말 피곤한 하루였다.

시작은 주점 근처에 있는 여신의 분수였다.

카란을 따라 분수에 도착한 시드는 하루 종일 고생한 것도 잊은 채 시선을 떼지 못했다.

아름다웠다. 대리석을 깎아 만든 여신상은 마법이 걸려있는지 알록달록한 빛을 내뿜고 있었다. 주변에서 치솟는 물줄기들은 여신의 자태를 더욱 뽐내주었다.

그런데 시드가 여신상을 바라보는 그사이 문제가 발생했다. 카란이 혼자 서 있는 예쁜 여자를 발견하고 찝쩍댄 것이다.

사실 그때까지만 해도 큰일은 없었다.

단지 작업을 시도했을 뿐이며 여자도 카란이 싫지 않은 듯했으니.

하지만 먹을 것을 사러 갔던 여자의 남자 친구가 돌아오며 상황은 급변했다. 여자는 싫다는데도 카란이 치근댔다며 거짓말을 했다.

그로 인해 이 지역에서 악질로 유명한 남자는 분노를 참지 못하고 카란에게 주먹을 휘둘렀다.

결과는 당연히 카란의 일방적인 구타였다.

퍼억! 퍼어억!

전신을 사정없이 두들겨 패는 능숙한 손놀림!

결국 시드가 말리고 나서야 남자는 고통에서 해방될 수 있었다.

한데 이곳에서 다시 만날 줄이야.

"으흐흐, 네놈들의 운이 다했군."

남자는 시퍼렇게 멍이 든 눈을 매만지며 음흉한 미소를 날렸다. 현재 그의 뒤에 서 있는 부하의 수는 열한 명 정도.

인원으로 압도적인 차이가 났기에 당연히 승리를 확신하고 있었다.

"거참, 아직 덜 맞았군?"

그 모습에 카란이 주먹을 풀며 자리에서 일어섰다.

그러다 무슨 생각이 떠올랐는지 앉으며 시드를 향해 손짓했다.

"아우, 네가 처리해라."

"에? 제가 왜요?"

시드는 손짓까지 하며 황당함을 알렸다.

하루 종일 억지로 달린 것도 모자라 자신은 전혀 관계없는 싸움까지 대신하라니.

"난 아직 배가 고프다."

"......"

그 말과 함께 열심히 고기를 먹어 치우는 카란!

시드는 저들보다 카란에게 먼저 검을 휘두르고 싶은 욕망이 치솟았지만 참을 인을 떠올리며 자제했다.

"그냥 돌아가세요. 어차피 저희를 못 이깁니다."

시드는 한숨과 함께 남자들에게 말했다.

괜히 싸우고 싶지 않았다. 돈 되는 일도 아닌데 귀찮았다.

"흥! 어린놈이 눈에 보이는 것이 없나 보구나! 얘들아!"

시드의 마지막 배려에도 불구하고 이성을 잃은 두목은 거절했다.

안 그래도 화가 나 죽겠는데 꼬마가 저런 말을 하다니? 그의 입장에서는 더욱 속을 뒤집는 발언이었다.

'어쩔 수 없지.'

시드는 고개를 저으며 손을 풀었다.

사실 따지고 보면 남자에게 죄는 없었다. 작업을 먼저 건 이는 카란이었고, 그의 여자가 가운데서 거짓말을 했다.

당연히 남자는 여자 친구의 말을 우선적으로 믿기에 싸움을 걸었다가 두들겨 맞았으며, 그 분을 참지 못해 또 맞게 생겼다.

하지만 자신이 맞아줄 마음은 없기에 마음속으로나마 그의 앞날은 평화롭기를 바라며 시드는 두 주먹에 힘을 불끈 쥐었다.

그때 시드의 앞으로 두 명의 소녀가 나타났다.

"이보세요! 어른들이 단체로 소년을 공격하다니! 나쁜 사람들!"

시드는 어안이 벙벙해져서 자신의 앞을 가로막은 두 명의 소녀를 쳐다봤다.

소리를 치고 있는 소녀는 단발머리에 자신과 머리카락과

눈동자 색이 똑같았다. 나이는 10대 중, 후반으로 보였다. 피부는 갈색이었고 붉은색의 타이트한 옷을 입었으며, 손에는 자신에게 사이즈를 맞춘 듯한 검이 쥐어져 있었다.

그리고 또 한 명은 은발을 허리까지 길게 기른 소녀였다. 눈동자는 짙은 어둠을 담고 있었고 피부는 새하얀 편이었다. 나이는 비슷해 보였으며 흰색의 로브를 입고 있어 마법사라는 사실을 추측할 수 있었다.

꼬오옥. 푹신.

'으응? 캑!'

"괜찮아, 걱정하지 마."

은발의 소녀가 갑자기 시드를 끌어안으며 다독였다.

시드가 겁을 먹은 거라고 지레짐작한 탓이다.

'부러운 놈!'

그 광경에 카란은 뒤에서 지켜보다가 안타까움을 금치 못했다.

들어올 때부터 시선이 계속 갈 만큼 아름다운 미모를 뽐내던 두 소녀였다.

그런데 어리고 키가 작다는 이유로 저리 쉽게 소녀의 가슴에 얼굴이 닿을 수 있다니!

'크흐윽! 돌아가고 싶다! 나도 어릴 때는 시드보다 더 미소년이었는데!'

되도 않는 망상이었다.

"이 계집들은 뭐냐? 세상 무서운 줄 모르고 나서다니, 혼나고 싶으냐!"

갑작스런 소녀들의 등장에 멍한 것은 두목과 부하들도 마찬가지였다.

하나 어린 여자들이 끼어들었다고 그 많은 사람들 앞에서 맞은 한이 사라지진 않는다.

"비켜라!"

결국 두목은 앞을 가로막고 있는 붉은 머리의 소녀에게 손을 뻗었다.

타아악! 우당탕!

"캐애액!"

소녀를 밀쳐 내려던 두목이 비명을 지르며 벽을 향해 날아가 부딪쳤다.

은발의 소녀 품에 안겨 있던 시드가 어느새 둘 사이로 파고들어 밀쳐 낸 탓이다.

그런 시드의 모습은 겉으로만 봐선 소녀를 구하기 위해 위험을 무릅쓰고 나선 것 같지만 실상은 전혀 달랐다.

'돈을 뜯을 속셈이 분명하다!'

시드가 남을 도와줄 때는 단 하나의 이유였다. 돈을 뜯기 위해서. 그 외 다른 이유는 생각할 수 없다.

그러니 천사의 얼굴을 한 두 소녀도 자신을 구해주고 나면 필시 돈을 요구할 터.

'후후, 나를 너무 쉽게 봤군.'

자신의 생각이 맞다고 확신하며 두 소녀를 노려보는 시드.

소녀들은 그 눈빛에 말없이 뒤로 물러섰다.

소년이 위험해 보였으나 방금의 일격으로 알 수 있었다. 자신들조차 제대로 파악하지 못했던 움직임. 절대 약하지 않았다.

같이 있는 남자가 왜 구경만 하고 있었는지 이해할 수 있었다.

'돈을 지켰다!'

소녀들이 물러서자 안도의 한숨을 쉰 시드는 한결 밝아진 얼굴로 남자와 부하들에게 접근했다.

얼른 끝내야 했다.

만약 지체했다가는 저 둘이 순식간에 끼어들어 도움을 줄 수도 있다. 즉, 돈을 뜯길 빌미를 제공할 수도 있다는 것.

물론 그렇게 된다 해도 무시하고 도망치겠지만.

"내 돈이 위험하니 더 이상 망설이지 않겠습니다."

"무슨 소리냐?"

시드의 뜬금없는 발언.

두목은 기가 찼다. 자신이 언제 돈을 달라고 했던가? 그런 적은 절대 없었다.

"저에게는 제 돈을 지킬 의무가 있단 말입니다!"

상대가 알아듣든 말든 자신의 말만 하며 움직이는 시드.

두목은 확신했다. 저 꼬마는 미쳤다! 미친놈에게는 매가 약!

"쳐라!"

명이 떨어지자 부하들은 칼을 비롯해 가게의 의자까지 포함해 각종 무기를 집어 들며 시드를 향해 휘둘렀다.

뒷골목에서 살아온 그들이다. 절대 소년이라고 망설이거나 봐주지 않았다.

콰지지직!

부하 중 한 명이 시드의 주먹을 맞고 목재로 만들어진 문을 부수며 나가떨어졌다.

'너무 셌나?'

살살 친다고 쳤지만 부하가 날아가자 시드는 더욱 힘을 뺐다. 마나를 발휘하지 않았음에도 마탈 급의 육체는 괴력을 발휘했다.

"뭐, 뭐야."

"잘못 건드린 것 같은데……."

단 일격으로 인해 부하들이 술렁거렸다.

자신들 중 가장 체격이 큰 동료가 한 방에 쓰러진 것도 아닌 날아갔다.

어찌 저게 사람의 힘이란 말인가!

"오지 않으면 제가 갑니다."

부하들이 뒤로 물러서자 이번에는 시드가 먼저 달려들었다.

퍼퍼퍼퍽!

카란을 제외하고는 그 누구도 보지 못한 움직임.

"마, 말도 안 돼."

소년이 움직이고 10초도 흐르지 않았다. 두목은 기겁한 얼굴로 바닥에 주저앉았다.

자신의 믿음직스러운 부하들이 그 짧은 시간에 모두 널브러져 있었다.

"도대체 뭐, 뭐야?"

"나도 못 봤어."

상황이 파악되지 않는 건 두 소녀도 마찬가지였다.

나름 나이에 비해 뛰어난 실력을 갖췄다고 자부했는데, 자신들과 또래로 보이는 소년이 뭘 했는지도 알아차리지 못하다니.

'으응?'

상황이 끝났음을 확인하고 자리에 앉으려던 시드는 주인 부부를 발견했다.

나이가 60은 되었을 법한 부부는 겁에 질린 얼굴로 눈치만 살피고 있었다.

문과 물건들이 박살 나고 손님들이 달아났으니 당연히 돈을 달라고 해야 했다. 그렇지만 봉변을 당할까 봐 차마 말하지 못했다.

'그냥 갈 수는 없지.'

시드는 머리를 긁적이며 이까지 딱딱! 부딪치고 있는 두목에게 다가가 부축했다.

그는 처음에는 악마라도 본 것처럼 손을 저으며 비명을 질렀지만, 한 대 더 맞으니 조용해졌다.

그 후 시드는 웃는 얼굴로 두목과 잠시 밖에 나갔다 돌아왔다.

"소란을 피워서 죄송합니다."

시드는 손해액 이상의 돈을 주인에게 건넸다.

그들은 혹시 잘못될까 봐 눈치를 살폈지만 시드가 계속 권하자 고맙다며 손에 꼭 쥐었다.

'짭짤하군.'

시드는 만족스러웠다.

두목을 밖으로 데리고 나가 뜯어낸 돈으로 물건 값을 배상했다.

그것도 모자라 부하들에게도 돈을 뜯어 자신의 마법 주머니에 챙겼다.

기회만 생기면 최대한 갈취하는 악덕 본능!

비록 귀찮기는 했지만 오늘도 주머니의 배를 가득 채운 시드였다.

"즐거웠냐?"

"설마요."

"크큭, 그래도 어쩌겠니. 너와 가보고 싶은 곳들이었는데."

주점을 벗어나 돌아가기 전 카란과 시드는 산 중턱에 위치한 갈대밭에 와 있었다.

마을 전체가 내려다보였으며, 고개를 들면 쏟아질 것처럼 많은 별이 눈에 담겼다.

그곳에서 시드와 카란은 수풀 위에 누워 대화를 나눴다.

"오늘 함께 돌아다닌 곳은 나와 그리폰의 흔적이 묻은 장소였다."

"아……."

시드는 그때서야 오늘의 의미를 알게 됐다.

'그랬구나. 나와 함께 나누고 싶었던 거야.'

시드는 카란에게 고맙다는 말을 전하며 그리폰을 떠올렸다.

부모님을 꼭 찾아야 된다는 잔소리가 바로 옆에서 들리는 것 같다.

하늘에 떠 있는 무수한 별이 마치 그리폰의 애정 어린 눈동자 같았다.

함께 있을 때는 두렵기도 하고 미웠는데, 곁을 떠나는 순간부터 하염없이 그리웠다.

"당시 그리폰은 수행 중이었지. 그래서 대륙을 돌아다녔고. 확실하지는 않지만 이곳을 떠난 다음 아카리에 가서 백작가의 기사가 된 듯해."

카란의 얘기에 시드는 경청하면서 고개를 끄덕였다.

아버지에게 충성을 맹세하고 정착하기 전에는 대륙을 돌아다녔다는 말을 들은 적이 있었다.

"그때가 참 재미있었는데. 크큭. 그리폰과 처음 만남은 좋지 않았어. 내가 그의 돈을 훔쳤거든."

"에? 그랬어요?"

시드는 놀랐다. 젊은 나이에 마탈 급을 달성한 그가 도둑질을 했었다니.

"당시에는 내 능력을 자각하지 못했고, 단지 싸움만 잘하는 도둑 소년이었어. 그러다 그리폰을 만나면서 인생이 바뀌었지. 당시에 나는 우리 길드의 아저씨들이 제일 싸움을 잘하는 줄 알았는데, 그리폰이 손쉽게 이기는 거야. 그때부터 따라다녔어. 제발 가르쳐 달라고. 강해지고 싶다고. 크흐음!"

시드는 어색한 헛기침 소리에 곁눈질로 힐끔거렸다.

과거를 털어놓은 카란은 쑥스러워했다.

시드는 기분이 좋아져 배시시 웃었다.

전생에서는 속마음을 털어놓던 관계가 없었고, 이곳에서는 그리폰이 있었지만 세상을 떠나 버렸다.

하지만 그런 이가 다시 나타났다. 먼저 마음의 문을 열어주면서.

"뭘 그렇게 보냐? 민망하게."

따아악!

서로를 쳐다보며 훈훈한 분위기가 연출되던 그때, 카란이

머리를 긁적이다가 웃고 있는 시드의 이마를 손가락으로 때
렸다.
　생각 이상의 아픔에 몸을 움찔거리는 시드!
　"으, 으하하! 형님이 귀여워서 그렇죠!"
　퍼어억!
　시드는 장난을 치는 척 감정을 담아 카란의 옆구리를 주먹
으로 쳤다.
　"쿠, 쿨럭!"
　꽤 힘이 실렸는지 카란은 기침까지 했다.
　"크, 크큭! 어린놈이 손은 매워서. 귀여운 건 우리 아우
지!"
　퍼억! 데구루루!
　환하게 웃는 카란의 싸대기 작렬!
　시드는 피를 토하며 허공에 붕 떴다가 땅을 굴렀다.
　'으음.'
　고의적으로 힘 조절을 하지 않았던 카란은 긴장했다.
　이제는 피를 철철 흘리는 시드의 차례.
　"하, 하하, 형님! 여전히 힘이 좋으시군요! 조금 아팠어
요!"
　이제는 허리와 어깨까지 틀며 대놓고 주먹을 휘두르는 시
드!
　그 와중에도 둘은 입가에서 웃음을 지우지 않고 있었다.

비록 강도가 세지고 살기가 사람도 죽일 정도였지만… 장난이니깐.

콰아아앙!

"크큭, 이 자식 봐라?"

카란이 입과 코에서 피를 질질 흘리며 자리에서 벌떡 일어섰다. 닿기 직전 마나를 사용해 폭발을 일으킬 줄은 미처 몰랐다.

"우리 동생, 보듬어쥐야겠네?"

카란의 전신에서 빛의 아지랑이가 피어올랐다.

"저도 사랑으로 보답하죠."

시드 역시 마나를 최대치로 내뿜었다.

분명 웃으며 시작한 장난이었다.

하지만 두 마탈 급은 심하게 소심했다.

시드와 카란이 죽자고 싸우고 있는 시각. 화려한 마차 한 대가 급히 움직이고 있었다.

검은 갑옷을 입은 말을 탄 두 명의 기사가 마차의 양옆에서 호위를 하고 있었다. 사람들은 마차를 보자 황급히 고개를 숙였다.

마차에 찍힌 문양은 바로 왕의 인증.

달그락달그락, 트특!

마차가 멈췄다. 기사들이 말에서 내려 문을 열자 프리야 공작이 내렸다.

　‘얼마만인지…….’

　프리야 공작이 감회에 젖어 저택을 바라보던 그때였다.

　“어서 오세요.”

　리스네가 어둠 속에서 모습을 드러냈다.

CHAPTER 07
검은 욕망

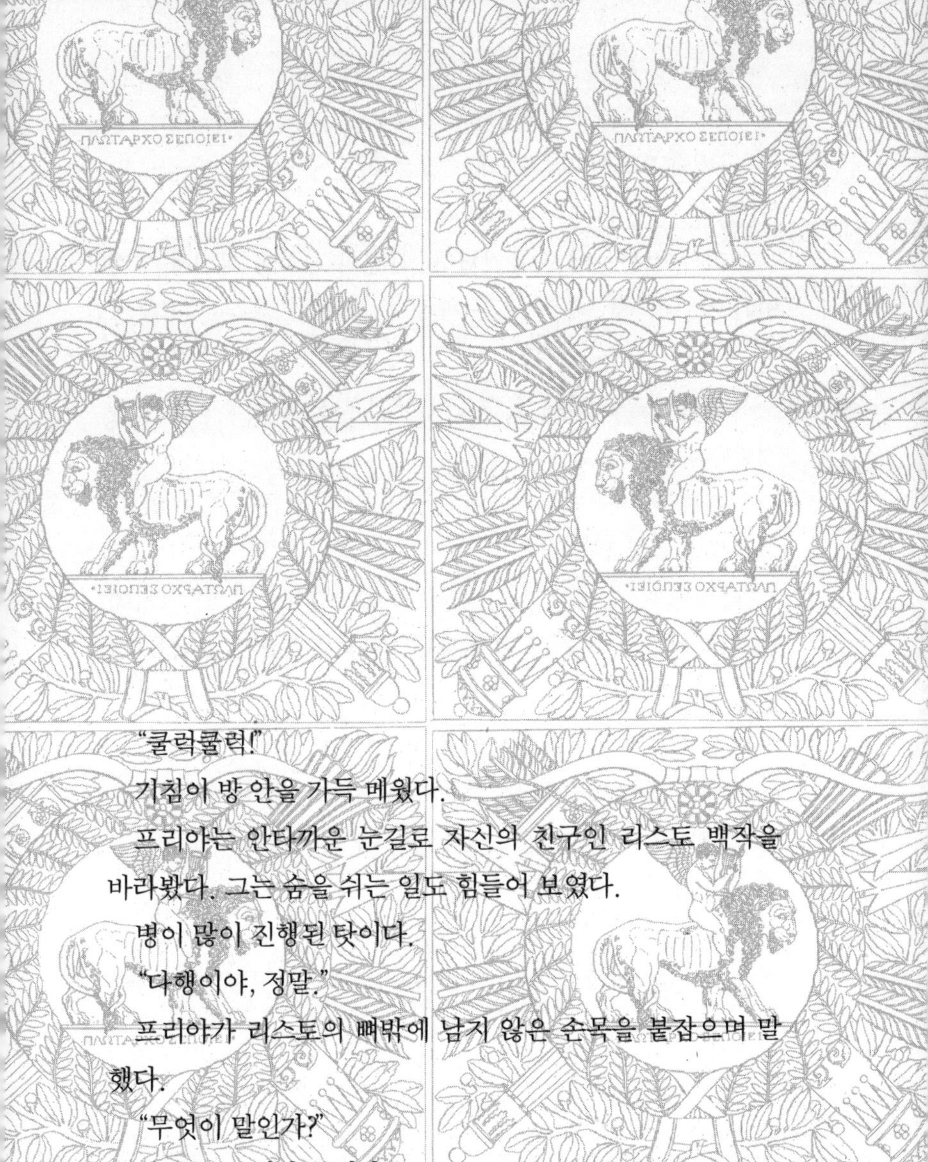

"쿨럭쿨럭!"

기침이 방 안을 가득 메웠다.

프리야는 안타까운 눈길로 자신의 친구인 리스토 백작을 바라봤다. 그는 숨을 쉬는 일도 힘들어 보였다.

병이 많이 진행된 탓이다.

"다행이야, 정말."

프리야가 리스토의 뼈밖에 남지 않은 손목을 붙잡으며 말했다.

"무엇이 말인가?"

쇠 긁는 소리가 들렸다.

“자네와 리스네가 무사해서 말이네.”

“크큭. 정말 다행이라 생각하나?”

프리야의 볼살이 꿈틀거렸다. 자신의 진심을 의심하는 것인가?

“왜 그런 질문을 하나?”

프리야의 목소리에서 슬픔이 묻어 나오자 리스토는 손을 저었다.

“자네의 마음은 잘 안다네. 다만… 지금의 상황이 과연 다행일까 궁금할 뿐이지.”

“다행이지, 그렇고말고. 만약 리메토 그놈으로 인해 자네와 리스네가 다치기라도 했다면 나는 용서하지 않았을 거야.”

프리야는 진심으로 흥분했다.

처음 사실을 접했을 때 당장에 리메토를 찢어죽이고 싶었다. 물론 리스토의 친자식이라 그렇게까지는 하지 못하겠지만 조용히 넘어가지 않으려 했다.

하지만 리스토와 리스네는 안전했고, 리메토는 모습을 감췄다. 리스네의 말에 의하면 후계자 자리가 결정된 이후 사라졌다고 했다.

“인간은 몸에 더러운 게 나면 짜거나 잘라내지.”

“응?”

리스토의 뜬금없는 말에 프리야가 반문했다.

“자네는 알고 있나?”

“뭐를 말인가?”

“사실은 인간 자체가 더 더럽다는 사실을. 크큭!”

프리야는 아무런 대답을 하지 않았다.

일반적이면서도 심상치 않은 발언이었다.

많은 이들이 알고 있다. 사실 가장 잔인하고 더럽혀질 수 있는 종족이 인간이라는 사실을.

문제는 지금 이 상황, 리스토의 입에서 나왔다는 점이다.

“리스네를… 말하는 건가?”

프리야의 물음에 리스토는 아무런 대답도 하지 않은 채 방긋 웃었다.

“자네의 딸이라네! 직접 후계자의 자리도 주었고!”

프리야는 흥분하며 소리쳤다.

리스네를 어릴 때부터 봐왔다. 절대 그런 소리를 들을 아이는 아니었다. 아무리 사람이 변한다 할지라도 리스네만큼은 그러지 않으리라 믿었다. 더군다나 리스토의 발언이 정말 리스네를 지칭한다면 자신의 자리를 물려주지 않아야 했다.

“ ‘주었다’ 는 아니지.”

“무슨 뜻인가?”

프리야는 리스토의 퀭한 두 눈과 마주쳤다. 그 눈동자 안에는 슬픔과 분노, 애증과 두려움이 교차했다.

“결정은 내가 했지만 통보와 다름없었지. 이미 상황은 그렇게 만들어졌으니.”

“그 소년 때문인가?”

“역시 알고 있군.”

프리야는 고개를 끄덕였다.

“자네의 말은 반만 정답이야. 그 소년의 능력도 한몫했지
만 뼈대는 리스네가 만든 것이니. 소년은 만나봤나?”

프리야는 아쉬움에 가득 찬 채 고개를 저었다.

오늘 리스토 가를 찾은 이유는 리스토와 리스네의 안전을
직접 확인하기 위함도 있지만, 시드를 만나보고 싶은 욕구가
지배적이었다.

하나 시드는 저택에 없었다.

“언젠가는 볼 수 있겠지.”

“과연 그럴까?”

프리야의 얼굴이 찌푸려졌다.

오늘따라 리스토의 입에서 의문스러운 말들이 쏟아져 나
왔다.

“세상은 변하게 될 거네.”

“세상이 변한다라……?”

“악마가 만들어졌어. 그 악마는 모든 것을 잡아먹겠지. 크
큭.”

프리야는 결국 긴 한숨과 함께 자리에서 일어섰다.

리스토의 발언은 분명 리스네를 뜻했다. 더 이상 듣고 싶지

않았다.

설령 그게 진실이라 할지라도 자신이 어떻게 할 수 있는 일은 없었다. 모든 게 자신의 탓처럼 느껴졌다.

"나는 기대되는군."

리스토 백작의 두 눈동자가 광기에 휩싸였다.

"리샤르 왕국의 미래가… 그리고 왕의 최후도. 크하하!"

왕의 최후! 백작이라 할지라도 당장 감옥에 넣을 수 있을 정도의 위험한 발언이었다.

더군다나 프리야 공작은 왕에 대한 충성심이 남다른 신하였다.

"쉬게나."

프리야는 힘겹게 그 말을 하고 방을 빠져나왔다.

문이 닫혔다. 프리야 공작의 신형이 무너졌다.

방문 앞을 지키던 기사들은 서로에게 눈짓을 하더니 자리를 비켜줬다.

프리야 공작의 큼직한 두 손이 일그러진 얼굴을 감싸 쥐었다.

심장이 울었다.

"누구냐!"

"아아, 접니다."

"으응? 컥! 몰골이 왜 그런가?"

경비병들이 깜짝 놀라며 물었다. 시드의 몰골은 말이 아니었다.

"일이 있었습니다. 그러면 들어갑니다."

절뚝절뚝.

시드는 어안이 벙벙한 경비병들을 뒤로한 채 저택 안으로 걸음을 옮겼다.

한 걸음 내디딜 때마다 사지에서 통증이 밀려왔다.

'더럽게 치사한!'

시드는 속으로 카란을 욕했다.

더 이상 장난이 아니었다. 생사를 건 대결과 다름없었다.

그 결과 자신과 카란은 전신에 부상을 피할 수 없었다. 그런데 카란이 포션을 하나만 꺼내더니 혼자 다 마셔 버렸다.

거기에서 끝나지 않았다. 포션을 달라는 자신의 말에 귀를 후비더니 안 들린다고 하면서 달아났다.

아까 심하게 아팠다는 말만 남긴 채.

결국 시드는 치료도 못하고 올 수밖에 없었다.

'앞으로 놀아주나 봐라!'

치사함에는 더욱 치사하게 나간다!

'뭐, 어차피 내일이면 떠나겠지만.'

정원을 지나 저택 앞에 도달한 시드는 쓰게 웃었다.

이 저택에서 맛있는 음식을 더 먹고 싶었다. 공짜가 아닌가! 그러나 리스토 백작의 말이 계속 떠나지 않았다.

왠지 모르게 찝찝했다. 더러운 시궁창에 빠진 기분이다. 자신의 실력에 자신은 있지만 자만할 수는 없었다.

결국 시드는 일정보다 빨리 떠나려고 결심했다.

어차피 맛있는 음식이나 디저트는 아쉬워도 자신의 돈으로 사 먹을 수도 있고, 잠이야 아무 곳에서 자도 상관없었다.

전생은 물론 현생에서도 노숙이 일상이었으니. 그리고 돈 역시 처음의 기대 이상으로 뜯어냈다.

'이곳에서의 마지막 밤이겠군.'

짧은 시간이었지만 참으로 많은 일이 있었다. 좋은 인연도 만났다.

'어디를 가도 만날 수 있겠지?'

카란은 검은 달의 살수였다.

자신이 직접 찾을 수도 있으며, 카란이 먼저 찾아올 수도 있을 테다.

그 시각, 프리야 공작은 리스네와 차를 마시고 있었다. 마음은 좋지 않았지만 가기 전에 리스네와 대화를 하고 싶은 마음에서였다.

하지만 조금 전 찾아온 리스네의 친구들로 인해 뜻대로 이뤄지지 않았다.

친구들 중 붉은 머리를 가진 소녀가 쉬지 않고 질문 공세를 펼쳤기 때문이다.

“어떻게 하면 강해질 수 있나요?”

“검은 무엇이죠?”

“스승님과 사이는 좋아요?”

“아아! 프리야 공작님을 이리 가까이서 뵙다니!”

애써 웃고 있지만 프리야는 머리가 지끈거렸다. 이렇게 수다스러운 인물은 접해보지 못했다.

“아폴레는 잘 있느냐?”

“네! 스승님은 여전히 정력도 좋으시…….”

“페이리!”

“히히, 실수!”

은발의 소녀가 당황하며 제지하자 페이리는 혀를 쏙 내밀며 자신의 머리를 주먹으로 쥐어박았다.

“하하, 괜찮다. 아폴레의 정력은 대륙 모두가 아는 사실 아니냐?”

“그렇죠? 거봐, 아네뜨!”

프리야 공작이 맞장구를 쳐주자 페이리는 아네뜨를 향해 씨익 웃었다.

“그래도 공작님 앞에서 해야 될 말과 안 될 말은 가려야지.”

“우웅, 그래. 내가 잘못했어.”

즐거운 표정으로 옆에서 지켜보고 있던 리스네가 아네뜨를 거들자 결국 페이리는 두 손을 들며 벌받는 자세를 취했다.

그 모습에 모두는 웃음을 터뜨렸다.

'저 아이의 어디가 악마란 말인가, 리스토…….'

프리야는 대화를 하는 내내 리스네를 관찰했다.

오랜만에 보는 리스네였다. 그 일 이후 변한 부분이 있는 것 같았지만 당연한 과정이었다.

자신의 어머니가 그렇게 죽음을 맞이했는데 어린 소녀가 예전과 똑같다면 그게 더 이상했다.

하나 거기까지였다.

물론 편견이 있을 수 있고, 신이 아닌지라 사람의 마음까지 볼 수는 없지만 리스네는 여전히 자신의 기억 속 리스네였다.

'하긴… 예전의 리스네가 아니라 할지라도 내가 뭘 할 수 있겠는가.'

프리야 공작은 속으로 쓴웃음을 흘렸다.

리스네의 어머니가 죽었어도 침묵했다. 그뿐만이 아니었다. 만약 리스토 가에서 보복을 결심했다면 자신은 왕을 지키기 위해 맞서 싸웠을 것이다.

그 사실은 자신도 알고 리스토도 알며, 리스네도 모를 리 없었다. 그렇기에 아무런 질책을 할 수 없다.

그녀가 중죄를 저질렀다면 또 모르겠지만, 아직은 그런 일도 없으니 말이다.

단지 리스네가 여전히 자신을 반겨주는 모습에 고마우며, 리스토를 대신해 그녀를 보살피는 데 최선을 다할 뿐이었다.

설령 리스네가 악마가 됐다 할지라도.

그 일이 친구와 친구의 아내, 친구의 딸을 향한 죄책감을 갚을 수 있는 유일한 길이라 믿었다.

'공작님, 저는 달라지지 않았습니다. 겉은 말이죠.'

그의 시선을 진작에 알아차리고 있던 리스네는 실소를 머금었다. 아직은 적의를 드러낼 필요가 없었다.

만약 시드를 만나지 못했더라면 한이 맺힌 이빨을 프리야를 향해 드러냈겠지만, 이세스를 얻기 전까지는 경계심을 가지게 해서는 안 된다.

똑똑.

그때 노크 소리가 들려 모두의 시선이 접대실의 방문으로 향했다.

리스네는 들어오라 말했고, 문이 열리면서 타렌이 모습을 보였다. 타렌은 공작에게 가장 먼저 고개를 숙인 다음 리스네에게 다가가 귓속말을 했다.

프리야 공작의 표정이 밝아졌다.

리스네만 듣도록 작은 목소리로 말했지만 마탈 급에 오른 프리야 공작의 귀를 피해갈 수 없었다.

"그 소년이 왔다고?"

"네? 네."

리스네는 태연함을 유지하며 대답했지만 속은 초조했다.

시드를 공작과 만나게 해서는 안 된다. 누구나 탐낼 아이이니.

"정말이냐? 한번 보고 싶구나!"

리스네의 말이 끝나자마자 프리야 공작이 두 눈을 크게 뜨며 반겼다. 안 그래도 이제 슬슬 가려고 했는데 때마침 와주다니.

"오라 할까요?"

"그래. 꼭 한 번 보고 싶구나."

"알겠습니다."

리스네는 눈웃음과 함께 대답한 후 타렌에게 시드를 데리고 오라 명했다. 보고 싶다는데 거절할 명분이 없었다.

'일이 뒤틀렸어.'

리스네는 짜증이 났다.

피의 눈물과 플루닉. 그때부터 자신의 계획이 어긋나기 시작했다.

그들의 전투로 인해 프리야 공작이 찾아왔고, 지금 둘이 만나게 됐다.

제발 프리야 공작이 빨리 가거나 시드가 늦게 오기를 그토록 바랐는데.

'어쩔 수 없구나.'

행운의 여신이 자신을 선택하지 않았다.

어차피 시드와 프리야 공작이 만나게 됐다면 얼른 체념하고 다음을 계획해야 했다.

무서울 정도로 빨리 마음의 안정을 되찾는 리스네였다.

"시드가 누구야?"

프리야 공작이 저토록 기뻐하며 만나고 싶어한다.

그 사실만으로도 시드의 존재가 어느 정도 무게를 가지고 있는지 페이리와 아네뜨는 추측할 수 있었다.

"나의 경호원."

리스네는 표정 관리를 잊지 않으며 상냥하게 알려줬다.

"으응?"

질문을 한 페이리는 간략한 대답에 고개를 갸웃거리며 아네뜨를 쳐다봤지만, 아네뜨 역시 자세한 사정을 알 리가 없었다.

곧 닫혔던 문이 재차 열렸고, 모두의 시선이 한곳으로 향했다.

그곳에는 상처투성이의 시드가 서 있었다.

"시드!"

리스네는 자리에서 일어서 시드에게 다가갔다.

온몸에 부상은 물론 옷까지 걸레가 됐다. 다행스럽게도 치명적이거나 큰 상처는 없었다.

"캑!"

"저 아이는?"

한데 놀란 이는 리스네뿐만이 아니었다.

페이리와 아네뜨 역시 자신들의 눈을 의심하며 시드를 쳐다봤다.

그리고 알 수 있었다. 아까 주점에서 만난 소년이라는 사실을.

"괜찮아? 무슨 일이야?"

"아, 카란 형님이랑 대련을 하다 보니……."

시드는 사실을 살짝 왜곡했다. 대놓고 장난치다가 열받아서 싸웠다 할 수는 없는 법.

"에휴, 안 봐도 알겠다."

"헤헤, 얼른 치료 좀 해줘. 아파 죽겠어."

"알았어."

한숨을 쉬며 고개를 젓던 리스네는 시드의 부탁에 마법을 시전했다.

리스네의 마나 소모를 줄이기 위해 곁에 있던 타렌 역시 함께 치료 마법을 발휘해 시드의 상처들을 치료했다.

"어? 저 두 사람 또 보네?"

치료를 다 받자 시드는 곁에 앉아 있는 페이리와 아네뜨를 발견했다.

"서로 알아?"

"응, 여기 오기 전에 만났어. 그런데 저 영감은 누구야?"

"시, 시드! 네 이놈! 말조심해라!"

시드는 그 둘 외에도 또 다른 한 명을 발견하고는 무심결에 말했다.

그러자 곁에 서 있던 타렌이 당황과 화를 감추지 못했다.

국왕과 아폴레를 제외한 그 누가 프리야 공작을 영감이라 부를 수 있단 말인가!

"거참, 성질 내지 마슈. 타렌 영감 같은 분이 주변에 있다 보니 그렇지!"

"켁! 내가 어때서!"

"모르면 됐수."

"으윽!"

만나자마자 또 티격태격하는 시드와 타렌.

타렌은 뭐라 따지고 싶으나 자리가 자리인지라 꾹 눌러 참았다.

그 모습을 확인한 시드는 장난기를 지우고 진지한 표정으로 프리야 공작을 쳐다봤다.

'이거… 위험한데.'

본능이 먼저 깨달았다. 눈앞에 있는 저 노인은 절대 자신보다 아래가 아니라고.

인자하고 흐뭇하게 자신을 쳐다보고 있지만 두 눈동자 속에 끓어오르는 투지는 쉽게 찾아볼 수 없는 기세를 머금고 있었다.

'카란 형님을 만났을 때와 비슷하군.'

온몸에 소름이 돋았다.

살기는 없지만 존재감 하나만으로도 마탈 급에 오른 자신을 긴장하게 만들었다.

"누군지 알겠군요."

시드의 말에 프리야 공작은 흥미를 감추지 않으며 물었다.

"내가 누구냐?"

"뭐, 프리야 공작님이겠죠."

"큭! 네놈 말투 좀!"

"타렌, 괜찮다."

"하, 하나……."

프리야 공작의 거듭되는 손짓에 타렌은 결국 말문을 닫아버렸다.

"어떻게 알았느냐?"

"리샤르 왕국에서 저보다 강한 이는 세 명이 존재합니다. 검은 달의 카란 형님, 마탈 급 마법사 아폴레 공작님, 마탈 급 기사 프리야 공작님. 카란 형님은 조금 전에 갔으니 아니고, 아폴레 공작님은 여자라 들었으니 또 아니고, 그럼 한 분밖에 안 남죠. 리스네 누나에게 듣기로는 친분도 있으시고 말입니다."

"허헐, 그렇구나."

프리야 공작은 즐거웠다.

어린 소년이 마탈 급이라는 정보가 사실이었던 것이다.

마탈 급이 아니라면 자신의 힘을 파악할 수 없다. 모든 기운을 감추고 있었기에.

아니, 그렇지 않더라도 같은 마탈 급인 자신은 알 수 있었다. 저 작은 소년에게서 느껴지는 거대함을.

"마, 말도 안 돼."

"내가 제대로 들은 거야?"

옆에서 대화를 듣던 페이리와 아네뜨는 자신의 귀를 의심했다.

시드가 강한 것은 안다. 직접 겪어봤으니.

하지만 나이에 비해서였다. 자신들과 비교했을 때다. 절대 마탈 급의 세 인물을 거론할 정도는 아니었다.

높게 봐줘도 에트 급일 텐데 그 셋을 제외하고는 자신보다 강한 이가 없다니!

자만이었고 리샤르 왕국을 무시하는 발언이었다. 그럼에도 프리야 공작은 기뻐하며 대견해하고 있다.

둘은 지금의 상황이 이해가 되지 않아 리스네를 쳐다봤지만 그녀는 같은 대답을 반복할 뿐이었다.

"경호원이라니까."

사아아아.

페이리와 아네뜨가 리스네의 대답을 들을 때 시드의 이마에 식은땀이 맺혔다.

마나가 덮쳤다. 다른 이들에게는 전혀 피해를 주지 않으며 자신한테만.

'나를 파악하고 싶은 건가?'

시드는 쓴웃음을 흘렸다. 자신보다 약하다는 사실은 공작이 더 잘 알고 있었다.

'즉, 어느 정도가 내 힘의 끝인지 궁금하다는 거군.'

시드는 고민했다.

무시하자니 전신을 파고드는 마나가 기분 좋지 않았다.

스스로 호흡법을 통해 얻게 되는 자연적인 마나가 아닌, 인위적인 기운이 끊임없이 틈새를 비집고 들어왔다.

'상대하자니 밑바닥을 드러내는 건데… 상관없겠지.'

프리야는 강하며 자신에게 악감정도 없다. 사이를 터놓으면 절대 해는 되지 않을 인물이다.

그리폰 역시 살아생전 프리야 공작에 대해 말할 때 믿을 수 있는 몇 안 되는 이라고 했었다.

그런 사람에게 굳이 숨길 필요가 없었다.

어차피 만나는 순간 자신의 능력을 대부분 파악했을 테니. 약한 자신이 강자인 프리야 공작의 힘을 알아차린 것처럼.

파지지직!

결국 시드는 마나를 끌어올려 프리야의 기운에 대응했다.

두 마나가 경합을 벌이고 있는 시드의 몸에서 빛이 번쩍였다.

트트트특!

거대한 테이블이 흔들렸다. 의자와 가구도 마찬가지였다.

"물러나 있거라."

프리야 공작의 말에 리스네를 비롯한 모두는 둘에게서 떨어졌다.

"설마… 저 아이가……."

"아, 아니야. 어떻게 저 나이에!"

페이리와 아네뜨는 사방을 잠식하는 마나에 기겁을 했다.

부정하고 싶다. 부정해야 했다. 현실에서 일어날 수 없는 일이 펼쳐지고 있었으니!

"후우! 후우!"

시드의 얼굴이 땀으로 뒤덮였다. 다 찢어진 옷은 몸에 딱 달라붙어 있었다. 호흡이 거칠어졌으며 붉은 두 눈동자가 충혈됐다.

프리야 공작은 전력을 다하지 않고 있다는 사실이 느껴졌는데도 시드는 힘겨워했다.

'카란 형님보다… 강하다!'

시드는 확신했다. 카란 역시 마탈 급 중에서 상위를 차지하고 있었지만 프리야 공작은 그보다 더욱 뛰어났다.

'기억에 각인시켜 주지. 언젠가는 나의 돈줄이 될 프리야 공작!'

이 상황조차 돈과 연관시키는 환상적인 집착!

시드는 이를 꽉 깨물었다. 동시에 모든 마나를 폭발시켰
다.

"크윽!"

프리야 공작의 입에서 처음으로 신음이 새어 나왔다.

정적이 흘렀다. 단지 마나의 겨루기일 뿐이었는데 곳곳이
금이 가고 박살 났다. 달려온 기사들은 타렌이 돌려보냈다.

시드는 한쪽 벽에 몸을 기댄 채 입에서 피를 흘리고 있었
다.

'큭, 당황하셨군.'

시드는 리스네의 부축을 받아 몸을 일으켰다.

그런 시드에게 프리야 공작이 다가왔다. 그의 얼굴에는 걱
정이 가득했다.

'바보 같은!'

프리야 공작은 자신을 질책했다. 순간적으로 터져 나온 시
드의 마나와 기세에 겁을 먹었다. 다른 변명을 대고 싶지만
그것은 두려움이었다.

결국 프리야 공작은 일정 이상의 힘을 끌어올렸다.

그 결과 시드는 마나의 역풍을 이겨내지 못한 채 벽에 날려
가 처박혔다.

"괜찮은가?"

"네, 아무렇지도 않습니다."

“아니네. 혹시 모르니 앉아보게.”

시드는 거듭 괜찮다고 했지만 프리야 공작의 계속되는 재촉에 고개를 끄덕이며 바닥에 앉았다.

프리야 공작은 시드의 등에 손을 갖다 댔다.

혹시 겉으로 드러나지 않았을 부상을 찾아보기 위함이었다.

‘허얼…….’

마나의 이동 경로를 확인하던 프리야 공작의 표정이 굳어졌다.

“자, 자네… 마나가…….”

“아, 저는 다릅니다.”

“그렇군. 어떻게 이렇… 아니지. 나중에 대화하세.”

프리야 공작은 저도 모르게 물어보다가 입을 다물었다. 주위에 듣는 이가 많았다.

‘전신에서 마나를 모아 놀라셨군.’

시드는 그 이유를 어렵지 않게 알아차렸다.

일반적으로 마나는 심장에 모인다. 기사를 비롯해 마법사 모두 마찬가지였다.

간혹 한계를 넘어선 다크 몬스터들도 심장에 마나를 모았으며, 모든 종족이 그랬다. 신들은 확인할 수 없지만.

한데 자신은 전신에서 마나를 끌어 모았다. 그렇기에 마나를 모을 수 있는 속도도 빨랐으며 공간도 넓었다.

‘이 아이는 어쩌면…….’

시드의 몸에 내상이 없다는 것을 확인한 프리야 공작은 입술을 잘근 깨물었다.

축복이자 재앙이었다.

편이 된다면 그 어떤 힘보다 든든한 아군을 얻게 된다. 하나 적이 된다면 그 어떤 힘보다 두려운 상대가 될 것이다.

지금도 충분히 위협적인 존재인데 가장 무서운 점은 앞으로였다. 10대에 마탈 급에 오른 소년이다.

더군다나 마나가 심장이 아닌 전신에 가득 차 있다.

앞으로 10년, 어쩌면 그보다 짧은 시간 안에 자신조차 능가할지 모른다.

아니, 잊혀진 소울 급의 존재가 탄생할지도 모르는 일이다.

‘우리 편으로 만들어야 한다. 그리만 된다면…….’

프리야 공작은 주먹을 불끈 쥐었다.

이 소년을 얻게 되면 왕국은 더욱 강대해진다. 거기다 자신의 소망도 풀 수 있을지 모른다.

아무리 노력해도 실마리조차 잡을 수 없었던 소울 급! 수없이 좌절하고 무너져야 했던 꿈의 경계선!

‘그래, 놓쳐서는 안 된다. 절대.’

프리야 공작은 결심을 굳히며 말문을 열었다.

“나와 함께 가지 않겠나?”

“네?”

시드는 대답을 하면서 속으로 환호를 질렀다.

자신의 능력을 확인한다면 분명 탐낼 것이라 믿었다.

마탈 급의 존재를 거절한 왕국은 그 어디에도 존재하지 않았다. 당장 귀족의 자리도 쉽게 차지할 수 있는 힘이다.

그런데 자신은 열 살에 마탈 급이었다. 침을 흘리지 않으면 말이 안 됐고, 프리야 공작도 마찬가지였다.

‘역시…….’

리스네의 눈동자가 살짝 흔들렸다.

시드가 왕궁에 들어가면 일이 크게 뒤틀린다. 특히 프리야 공작의 보호를 받게 된다면 더욱 어려워진다.

만약 시드를 만나지 않았더라면 프리야 공작이 목표 대상이었겠지만, 그건 정말 최악의 수였다.

그 정도로 프리야 공작을 흔적조차 남기지 않고 수중에 넣기란 힘드는 일이니.

“하지만 리스네 누나가…….”

시드는 리스네의 눈치를 살피며 말끝을 흐렸다.

말은 리스네를 위하는 것 같지만 사실상 가고 싶다는 뜻이었다.

“시드, 아니야. 프리야 공작님이라면 너를 맡길 수 있어. 너에게도 좋은 기회고, 공작님과 리샤르에게도 필요한 일이지. 그렇죠?”

"그래, 고맙구나."

시드의 말에 리스네에게 고개를 돌렸던 프리야의 표정이 밝아지며 힘차게 고개를 끄덕였다.

'역시… 리스네는 변함이 없다.'

그녀의 사려 깊은 배려에 프리야 공작은 자그마한 불씨를 꺼버렸다.

리스토. 그가 잘못 판단한 것이다.

평소의 리스토라면 절대 있을 수 없는 일이지만, 지금은 죽음을 코앞에 두고 있었다. 충분히 오해, 혹은 착각을 할 수 있는 상태.

"누나가 그렇게 말한다면 뭐, 알겠습니다. 가도록 할게요."

"정말이냐?"

프리야 공작은 환하게 웃으며 시드의 어깨를 붙잡았다. 자신뿐 아니라 왕, 나라 전체가 기뻐할 일이 이뤄졌다.

"나를 따라온 일을 후회하지 않게 해주마. 너는 나의 유일한 제자다. 거기에 귀족의 작위도 주어질 테다. 너라면 백작도 일이 아니지."

"제, 제자! 백작!"

타렌의 눈동자가 급격하게 흔들렸다.

프리야 공작은 아폴레와는 달리 지금까지 단 한 명의 제자도 두지 않았다.

왕의 부탁으로 소속된 기사들을 일부 가르쳐 주기는 했지만 채 10%도 되지 않았다.

더불어 아이는커녕 결혼도 하지 않았으니 시드는 진정 유일한 제자가 되는 것이다.

그 사실은, 즉 실세라 불리는 프리야 공작의 권력도 등에 업게 된다는 뜻이었다.

또한 백작의 작위!

어쩌면 마탈 급에게 백작은 오히려 작을 수도 있다. 대부분 마탈 급의 인물들은 각 왕국의 공작이었고 어떤 이는 왕이었으니.

하지만 신분도 알 수 없는 이를 귀족으로 받아들이는 경우는 흔하지 않았다.

'제자라……. 거, 좋지!'

시드는 주위에서 모두가 놀라든 말든 속으로 신나게 웃었다.

자신이 태어난 아카리는 아니지만 백작의 작위를 얻게 됐고, 마탈 급에서 선두를 다투는 프리야 공작의 제자가 됐다.

백작의 작위 역시 최대한 낮게 잡은 거다. 훗날에는 공작도 어렵지 않을 것이다.

'더욱 강해질 수 있다!'

시드는 흥분을 감출 수 없었다.

프리야 공작은 자신이 전혀 예상하지 못한 행운이었다.

그의 밑에서 수련을 받게 된다면 자신은 이전보다 빨리 성장할 수 있을 것이다.

'거기에 돈도!'

귀족이 되면 땅과 적지 않은 돈이 주어진다.

특히 프리야 공작의 제자와 최연소 마탈 급이라는 타이틀은 그 액수를 더욱 불려줄 것이다.

다른 귀족들에게서 뇌물도 들어올 수 있을 테고.

"앞으로 잘 부탁드립니다!"

"그래, 내 얼른 이 사실을 전하께 고해야겠구나!"

"시드, 축하해."

시드가 웃었다. 프리야 공작이 웃었다. 리스네가 웃었다.

겉으로 보기에는 다들 지금의 일을 기뻐하고 축하하는 듯했다.

하나 시드와 프리야 공작은 알아차리지 못했다.

심연에서 검게 피어오르는 리스네의 욕망을.

CHAPTER 08
고대의 마법

　　어둠이 내려앉은 새벽.

　　리스네는 붉은 빛깔의 술이 담긴 잔을 든 채 심각한 표정으로 타렌과 대화를 나누고 있었다.

　　리스네와 타렌이 이 시간에 함께 있는 경우는 드물었다.

　　"카란을 떨어뜨려야 합니다."

　　"네. 그래야죠. 꼭."

　　"내일 아침까지 모든 준비를 마쳐 주세요."

　　타렌은 결의에 가득한 표정으로 고개를 끄덕이며 밖으로 나갔다.

　　리스네는 잘 마시지 않던 술을 한 번에 비우며 창문을 열었다.

시원한 바람이 들어왔다. 몸속에 존재하는 더러움을 모두 씻어줬다.

피식. 차가운 웃음이 새어 나왔다.

그래 봤자 달라질 일은 없었다. 자신의 존재 자체가 더러우니.

죽기 전까지 진흙탕을 뒹굴며 살아가겠지. 자신의 죄는 그 누구도 씻어주지 못할 것이다.

문득 리스네는 고개를 들었다.

달이 자신을 비롯해 만물을 밝혀주고 있었다.

해가 지고 나서야 자태를 뽐낼 수 있는 달. 그러나 아름다움은 해와 견주어도 전혀 손색이 없었다.

'2등도 아름답다는 사실을 왜 모를까.'

어느 날, 그녀의 어머니가 살아생전에 그 누군가를 이기지 못해 스스로 목숨을 끊었던 한 기사에게 했던 말이다.

리스네는 천천히 고개를 저었다.

꼭 누군가를 이기기보다 만족할 줄 알아야 한다는 뜻이 담긴 말.

처음에는 그 말이 맞다고 생각했다. 하지만 어머니가 죽는 순간 깨달았다. 1등이 아니면 만족해서는 안 된다고.

1등이 아니면 패배다. 패배는 곧 죽음이다.

살고 싶다. 그러니 이겨야 한다!

타아앙!

리스네는 창문을 거칠게 닫았다.

달이 보기 싫어졌다. 허울 좋은 2등이 심기를 거슬리게 했다.

자신은 그러지 않을 것이다.

1등이 된다. 그 누구도 무시할 수 없고, 그 누구도 죽여 버릴 수 있는 1등이 될 것이다.

그러기 위해서라면 무슨 짓이든 할 수 있다.

설령 자신의 영혼을 파는 일이라 할지라도.

'오늘 저녁.'

저택의 지붕 위에 올라온 시드는 마나 호흡법을 하다 두 눈을 천천히 떴다.

프리야 공작이 떠나면서 내일 저녁에 데리러 오겠다고 했으니, 이제 오늘 밤이었다.

아침에 떠나려던 원래 계획보다는 늦어졌지만 큰 상관은 없었다.

아니, 작위와 더불어 프리야 공작과 같이 지내게 되었으니 오히려 더 좋은 결과를 낳았다.

'잘 계신가요?'

비는 추억을 떠올리게 한다. 달은 그리움을 자극한다.

시드는 한 방울씩 떨어지기 시작한 빗줄기를 맞으며 부모님을 떠올렸다.

아직 살아 계실까? 어디에서 지내고 계실까?

'조금만 더 기다려요.'

산에서 내려오기 전의 예상보다 훨씬 이르게 목표를 향해 다가가고 있었다.

이제 머지않아 자신은 이름을 떨치게 될 테고 부모님이 살아 계신다면 분명 소식을 접할 수 있을 것이다.

그렇지 않더라도 카란이 찾아줄 수 있으리라 믿었다.

살아만 계신다면, 살아만 계신다면……

'그리폰… 그대는 어때?'

달을 통해 부모님에게 안부를 전한 시드는 한 남자를 떠올렸다.

자신의 일생에서 빼놓을 수 없는 그.

'환생을 했을까, 아니면 그곳에서 나를 바라보고 있을까?'

자신은 죽음과 더불어 지옥을 경험했다.

다만 구체적으로 어떤 길들이 존재하고 선택을 할 수 있는지 알지 못한다.

사자와의 대화로 알게 된 것은 아주 일부일 뿐이니.

그리고 이 대륙에서는 또 어떤 차이가 있는지도 알 수 없지만 왠지 그리폰이 자신을 보고 있을 것이라 믿었다.

'그리폰이라면 환생도 하지 않은 채 눈을 부라리겠지. 얼른 부모님을 찾고 가문을 일으키라고.'

시드는 생전 그리폰이 흥분하며 소리치던 모습을 떠올리며 미소를 흘렸다.

그러다 호흡을 마무리한 후 밑으로 뛰어내렸다.

흥분, 기대, 설렘으로 잠이 오지 않았다. 밤새 수련을 하고 싶었다.

사아아악!

시드의 손에 잡힌 붉은 검이 바람을 가른 것도 모자라 빗방울마저 반으로 쪼갰다.

마탈 급이 되자 모든 만물이 자신과 함께 춤추며 놀았고, 불가능한 것도 가능하게 됐다.

과연 소울 급이 된다면 어떻게 될까?

상상만으로도 즐거워지자 시드의 입가에 진한 미소가 배어났다.

시드의 몸이 비틀렸다. 어깨가 움직였다. 그 반동을 따라 팔이 하나가 됐다. 손목이 명령을 따르며, 검은 자유롭게 세상을 즐겼다.

차차차착!

만물은 숨을 죽였다. 달과 별조차 시드의 검에서 시선을 떼지 못했다.

열여섯 개의 환영! 레폰의 환영검!

그러나 마법 같은 환영이 아니었다.

레폰의 환영검은 허상을 만들어낼 만큼 빠른 속도가 관건이었다.

즉, 다른 이들은 허상이라 믿고 싶을 열여섯 개의 검 모두가 한계를 넘어선 움직임으로 나타난 실체.

'좋아! 이번에는……!'

시드의 신형이 흐릿해졌다. 그만큼 빠른 속도로 움직였다. 그런데 이번에는 신형이 늘어나기 시작했다.

하나, 둘, 셋, 넷… 여덟!

어느새 시드는 여덟 명이 되어 있었고, 검 역시 여덟 개가 들려 있었다.

'됐다!'

시드의 표정이 밝아졌다.

환영검을 응용해 봤는데, 성공이었다.

다른 이들에게는 최상의 검술이지만, 마탈 급에 오르고 그리폰한테 오랜 시간 수련을 받은 시드는 짧은 시간 안에 라탈 급의 검술을 흡수할 수 있었다.

거기에 그리폰의 검술처럼 자신의 능력에 맞춰 발전까지 시켰다.

저승사자와 그리폰이라는 스승을 통해 만들어진 천재적인 육체와 재능.

'나는 강해진다. 나는 올라선다. 나는 해낸다.'

시드는 자신에게 외치며 검을 더욱 빠르게 휘둘렀다.

믿음과 의지는 시드의 열정을 불태웠고, 어느덧 그의 손은 눈에 보이지도 않았다.

단지 허공에서 튀는 빗방울만이 무엇인가가 움직이고 있다는 사실을 알려줄 뿐.

시드의 수련은 해가 뜨는 아침까지 이어졌다.

"드디어 결심을 굳힌 것이냐?"

달을 밀어낸 해의 찬란한 빛이 방 안을 밝혔다.

리스토는 씁쓸한 어투로 창가에 앉아 차를 마시는 리스네에게 물었다.

"안타까워요."

"무엇이 말이냐?"

"아버지의 친구 분만 아니었다면… 시드는 며칠 더 행복할 수 있었을 텐데."

"불행은 네가 결정했다."

리스네는 아무런 대꾸를 하지 않았다. 단지 오늘이 기대된다는 듯 짓궂은 미소를 머금고 있었다.

"그들이 쉬울까?"

그들이란 카란과 프리야 공작이었다.

카란에게 있어 시드는 아우였고 프리야 공작한테는 유일한 제자가 될 존재였다.

그런 시드에게 봉변이 생긴다면 과연 누구를 의심할 것 같으냐는 의미였다.

“그들은 오늘 오지 못합니다. 뒤늦게 와봤자 상황은 모두 끝나고 물증은 존재하지 않죠. 의심만으로는 움직일 수 없는 법이에요. 독이 자신에게 퍼질 수도 있으니.”

“그렇군. 크큭. 네년은 이미 준비를 마쳤구나. 쿨럭쿨럭!”

리스토는 토하듯 기침을 했다. 피가 손바닥을 적셨다.

“하아, 하아, 세상이 변하겠군.”

“아직은 아니에요. 이세스가 아무리 대단하다 할지라도 한 나라와 맞설 수는 없으니. 단, 머지않았어요.”

“머지않았다?”

“그분의 힘은 커져 가고 있거든요. 그 누구도 모르지만.”

리스토의 두 눈이 부릅떠졌다.

리스네가 이세스를 얻는다 할지라도 나라를 집어삼키기에 는 어려웠다.

이세스가 부활하면 대륙의 그 누구보다, 그 어떤 플루닉보 다 강한 힘을 얻게 되지만 개인의 힘에는 한계가 존재했다.

궁금했었다. 왜 저토록 자신감이 넘치는지.

그 이유가 드디어 밝혀졌다.

“그래, 그거였군. 설마했는데… 그녀도 같은 마음이었어. 크하하! 그 일 때문인가?”

리스네의 표정이 찌푸려졌다. 꺼내고 싶지 않은 얘기였다.

“그년의 힘에 네년의 이세스가 합쳐지면… 불가능은 현실 이 되겠구나. 왕에게 남은 힘은 프리야뿐이니. 그렇지만 프리야는 만만한 상대가 아니다."

"어머, 잘 아시잖아요? 그분은 태풍 앞의 촛불이랍니다."

이번에는 리스토가 대답을 하지 않았다.

리스네의 말이 맞았다. 무력으로만 따진다면 프리야를 따라갈 이가 없다.

그런데 세상은 힘으로만 결정되지 않았고, 프리야의 약점은 바로 세력이었다.

많은 이들이 아폴레와 프리야가 실세라고 하지만, 사실상 아폴레가 우위였다.

많은 귀족들이 여우 같은 그녀를 따르고 있으며, 프리야는 자신의 수련에만 힘썼다. 제자도 없고 말이다.

"기대하지. 나의 친구와 왕의 최후를. 네년의 최후도."

리스토가 환하게 웃으며 리스네에게 시선을 던졌다.

햇빛을 등지고 있는 그녀의 모습이 강림한 여신처럼 아름답고 신비로웠다.

하지만 내면에는 썩은 피비린내를 풍기는 악마가 웅크리고 있었다.

"비밀은 지켜져야 비밀이라죠?"

"그렇지."

"누출될 수 있다면… 비밀을 지키기 위해 노력해야죠."

"크큭! 맞는 말이다!"

리스토는 그 말의 뜻이 무언지 안다.

시드에게 문제가 발생해도 그 누구도 증거를 잡을 수 없다. 그들은 이세스의 비밀을 모르기 때문이다.

한데 비밀을 아는 이가 누설해 버리면 증거가 탄로 나게 된다.

"먼저 가서 쉬고 계세요. 그들도 훗날 따라갈 테니."

리스토의 두 눈동자에 의문이 각인됐다. 그러다 미친 사람처럼 웃었다.

재미있었다. 두려웠다.

"크, 크하하! 으하하! 크큭!"

리스토는 한참이나 웃음을 참지 못했다.

"네년은 모두를 너의 계단으로 여기는 거야. 시체들로 쌓인."

"말했잖아요, 가문을 일으켜 세우겠다고. 혹시… 제가 겨우 공작에 만족할 거라 생각하세요? 저는 2등은 원하지 않아요. 비록 그분의 믿음을 얻기 위해 이세스에 대한 진실을 알려줄 수밖에 없었지만… 오히려 잘된 일이에요. 가까이 있을수록 기회는 많아질 테니."

리스네는 저항하지 않는 리스토를 향해 손을 뻗었다.

그는 깊은 잠에 빠져들었다.

"아아, 왜?"

카란은 자신을 갑자기 호출한 마스터를 쳐다봤다. 그의 목소리에는 짜증이 묻어 있었다.

"거액의 의뢰가 들어왔다."

빛이 전혀 들어오지 않는 방.

조명에 몸만 비춰지는 남자의 중저음 목소리가 들렸다.

"뭐야? 나보고 하라고?"

"위치는 발라스. 상대는 라탈 급. 네가 가라."

"플루닉을 보유하고 있는 라탈 급 한 명을 보내면 되잖아?"

카란은 귀찮았다. 굳이 자신이 가지 않아도 될 임무다. 플루닉을 폼으로 사놓은 것도 아니고 말이다.

"만약을 대비해야 된다. 더군다나 네놈은 뭔 말이 그렇게 많아! 피의 눈물을 생각해서 더욱 열심히 일하려고 해야지! 내가 얼마나 진땀 뺐는지 아냐!"

카란의 태도에 결국 마스터는 울컥했다.

평소에도 나이를 떠나 친구처럼 살갑게 대하지만, 임무를 내릴 때는 근엄함을 유지하려 했는데 한계가 존재했다.

"체! 그거 가지고!"

"그거? 그거라고? 남의 임무를 망가뜨리고 플루닉도 세 기나 빼앗았다며!"

"나는 한 기밖에 안 챙겼어!"

당당하게 외치는 카란.

마스터는 저도 모르게 검을 뽑을 뻔했지만 이를 악물며 애써 화를 눌렀다.

"닥치고 가라. 네놈 때문에 입은 손해가 얼마인지……. 얼른 가서 벌어와. 하루 쉬게 해줬으니 이제 죽어라 구를 때다! 그리고 꼭 네가 가야 하는 의뢰란 말이다! 네놈이 움직여야 믿을 수 있다잖아!"

"크큭! 하긴 내가 대단하기는 하지."

"그 입 좀 다무시죠?"

"아아, 알겠어. 가면 되잖아? 쪼잔한 인간."

"우오오! 이 새끼!"

마스터는 끝내 검을 뽑으며 벌떡 일어섰다.

하나 카란은 이미 달아난 다음이었고, 그는 아픈 머리를 감싸 쥐며 탁자 위에 놓인 의뢰서를 다시 읽어봤다.

뭔가 찝찝했다. 의뢰에는 아무런 문제가 존재하지 않았다.

금액이 상대에 비해 높고 카란을 지목했다는 점을 제외하고는.

그런데 그 부분이 거슬렸다.

마치 카란이 꼭 임무를 맡도록 유혹하는 것 같았으니…….

소녀가 있었다. 소녀는 자신을 쳐다봤다. 소녀가 웃었다.

시드는 그 모습이 마음에 들지 않아 인상을 찌푸리며 혀를 내밀었다.

그러나 소녀의 웃음은 그치지 않았다.

"네놈! 구제받지 못한 영혼! 잡초구나! 수많은 시련이 밀어

닥쳐도 버티는 잡초!"

자신과 또래로 보이는 소녀의 말.

시드는 소름이 끼치는 것을 느끼며 그리폰의 팔을 잡으려고 했다. 한데 그리폰이 보이지 않았다.

어둠이다. 눈이 부신다고 착각될 정도로 시커먼 어둠이다.

그 어둠이 하늘을 뒤덮었다. 해일처럼 자신에게 들이닥쳤다.

시드는 달아났다. 잡아먹히면 죽는다는 생각이 머릿속을 지배했다.

하지만 마음처럼 몸이 움직이지 않았다. 아무리 뛰어도 제자리였다.

결국 어둠은 시드를 집어삼켰다.

"허어억!"

시드는 신음성을 흘리며 잠에서 깨어났다.

'꿈이었구나.'

시드는 주변을 둘러보며 안도의 한숨을 내쉬었다. 아침까지 수련을 하다가 잠시 눈을 붙였는데 그사이 악몽을 꾼 것이다.

'기분 더럽군.'

시드는 흐트러진 호흡을 가다듬으며 두 눈을 감았다.

소녀가 머릿속에서 떠올랐다. 꿈속에 나타난 소녀는 과거에 한 번 만난 적이 있었다.

일곱 살 때였다. 그리폰을 따라 대륙을 떠돌아다니다 한 소녀를 만났다.

열 살을 갓 넘긴 어린아이 모습의 소녀는 인형처럼 예뻤으며 검고 물결 무늬 같은 머리카락을 어깨까지 길렀다.

소녀는 자신과 아무런 관계가 없었다.

이전에 만난 적도 없었으며, 단지 예쁘장하게 생겨서 한 번 힐끔거렸을 뿐이다.

그러나 소녀의 반응은 달랐다. 두 눈을 크게 뜨고 미친 사람처럼 웃었다.

광기 서린 눈동자와 웃음의 주인공이 어린 소녀라는 사실을 믿기 힘들 정도였지만, 소녀는 망설이지 않고 자신에게 다가와 그 말을 남겼다.

그리고 또 만나자는 말과 함께 자리를 떠났다.

당시에는 찝찝하고 기분도 안 좋았지만 금세 기억에서 지워 버렸다.

제정신이 아닌 아이의 말을 되새기며 고민할 필요는 없었으니.

그런데 지금 꿈에서 그 소녀가 나타났다.

'우연인가, 아니면 인위적인 것인가?

시드는 검집을 손에 쥐었다.

평소 방 안에 있을 때는 검을 굳이 잡지 않는 편이었는데, 의도하지 않았음에도 손이 먼저 움직였다.

전신을 파고드는 알 수 없는 위기감.

똑똑똑!

그 순간 누군가가 창문을 두드렸다. 카란이었다.

"아우, 나는 간다."

"에? 어디를요?"

죽을상인 카란은 시드의 질문에 인상을 팍 찌푸리며 흥분했다.

"지가 나가라 할 때는 언제고 이제 와 또 일을 주잖아! 젠장! 아우랑 또 놀려고 했더니!"

'고마운 마스터!'

충분히 겪었다, 카란과 하루 논다는 게 어떤 것인지!

시드는 얼굴 한 번 본 적 없는 검은 달 마스터에게 무한한 감사를 느꼈다.

하나 겉으로 드러내지는 않았다.

카란이 얼마나 소심하고 뒤끝이 센지는 어제저녁 뼈저리게 느꼈다.

자신도 다를 바 없다는 사실은 굳이 기억하지 않았다.

"이런, 아쉽군요. 형님이랑 즐겁게 더 놀고 싶은데."

전생부터 갈고닦았던 연기 실력!

"그렇게 말하니 더 가기 싫잖아! 에잇, 그냥 가지 말까?"

'컥! 뭐, 뭐라 하지?'

예상치 못했던 카란의 돌발 발언.

‘그래요!’ 하자니 카란의 성격에 진짜 안 갈 수도 있다.

반대로 ‘안 된다! 꼭 가야 된다’ 하면 자신이랑 같이 있기 싫은 거냐고 억측을 부릴 수도 있는 인물.

“에잇! 아쉽지만 가야겠어. 안 가면 두목이 또 지랄할 테니. 얼른 끝내고 오마! 내일 놀러 가자!”

고민은 카란의 결정과 함께 순식간에 해결됐다.

“아, 형님!”

안도하며 표정이 밝아진 시드는 떠나는 그를 다급히 불렀다. 오늘 저녁 왕궁에 간다는 얘기를 전하기 위함이었다.

하지만 카란은 이미 보이지 않았고, 시드는 실소를 흘리며 검을 집어 들었다.

수련을 하면서 찝찝함을 떨쳐 내기 위함이었다.

‘내일 형님이 찾아오면 리스네나 타렌이 알려주겠지.’

시드는 밖으로 나갔다.

“카란이 떠났습니다. 그리고 그들이 도착했습니다.”

시드가 수련을 하기 시작했을 때 리스네는 넓은 공터에서 바람과 맞서고 있다가 타렌의 목소리에 고개를 돌렸다.

“이제 시작하죠.”

리스네의 말에 타렌은 고개를 끄덕이며 공터를 내려갔고, 리스네는 재차 바람이 부는 방향으로 몸을 돌렸다.

시원한 바람이 전신을 씻겨줬다.

‘드디어……’

리스네는 마법 주머니에서 무엇인가를 꺼냈다.

반이 부러진 단검이 들려 있었다.

‘너를 깨울 시간이다.’

단검에는 이세스의 플루닉이 잠들어 있었다.

‘남은 이는 프리야.’

언제 들이닥쳐서 방해를 할지 모르는 카란한테 일부러 거액을 투자해 일을 맡겼다.

그럼에도 혹시 몰라 그가 떠나기 전까지 기다렸다.

자신의 예상대로 카란은 시드에게 들렀다가 떠났고, 이제는 저녁에 찾아온다 했던 프리야를 붙잡아야 했다.

수정하게 된 계획의 완성을 위해서.

‘의심을 받아도 상관없다.’

애초에 의심을 받지 않는다면 좋겠지만 카란과 프리야가 끼어들고, 왕궁 입성을 앞두게 되면서 그 부분은 어쩔 수 없게 됐다.

이세스를 깨우는 것이 가장 중요했으며, 이세스만 부활한다면 프리야나 카란은 자신의 적이 될 수 없었다.

이세스뿐 아니라 등 뒤에는 스승인 아폴레도 받쳐 주고 있으니.

“누나?”

낯익은 목소리와 함께 리스네의 입가에 잔혹한 미소가 걸렸다.

그런데 돌아서는 그녀는 언제 그랬냐는 듯 온화하게 웃고 있었다.

"왔어?"

리스네는 부러진 단검을 든 채 시드에게 다가갔다.

이제 끝이었다.

"그게 뭐야?"

수련을 하던 시드는 리스네가 기다린다는 말에 타렌을 따라왔다.

이제 떠나는 마당에 얼굴 한번 못 볼 이유가 없었다. 단, 리스토의 말을 되새기며 경계심은 잃지 않았다.

리스네가 기다리고 있는 곳은 저택 뒤편에 위치한 공터였고, 기척을 끌어올려 주위를 살피니 리스네와 타렌 외에는 아무도 없었다.

그럼에도 시드는 경계를 풀지 않으며 리스네의 손에 들린 단검에 대해 물었다.

"들어봤어? 이세스의 플루닉."

"어, 들어봤어."

"그래. 이게 바로 이세스의 플루닉이 잠들어 있는 단검이야."

"진짜?"

시드는 눈을 동그랗게 뜨고 달라진 눈길로 단검을 쳐다봤
다.

겉으로 보기에는 허름하지만 경악할 만한 가치를 머금고
있다. 그 사실 하나만으로도 왠지 단검에서 황금빛이 뿜어져
나오는 것 같다.

"이세스의 플루닉은 참으로 소문이 많은 플루닉이야."

"밝혀진 게 없잖아."

"그래, 아무도 모르지. 단지 강하다는 사실밖에."

리스네를 쳐다보는 시드의 두 눈에 기대감이 서렸다.

이유는 모르겠지만 그녀는 지금 이세스에 관한 정보를 알
려주려는 것 같았다.

어쩌면 목숨을 구해주고 백작이 될 수 있도록 도와준 보답
일지도 몰랐다.

"이세스의 플루닉을 소환하기 위해서는 세 개를 충족시켜
야 해. 하나는 마나스톤이야."

"그렇지."

라탈 급의 플루닉은 상급의 마나스톤, 마탈 급의 소환자,
발동 조건, 이 세 개를 갖춰야 했다.

"두 번째가 혈육이야."

"혈육?"

시드는 처음 듣는 정보에 되물었다.

혈육이라? 그러면 기존 세 가지 중 하나가 빠진다는 뜻이

었다.

"응, 혈육. 모든 플루닉은 한 등급 위의 소환자가 필요해. 그러니 상식적으로 이세스의 플루닉은 당연히 마탈 급의 소환자가 있어야 한다는 말이지."

"나도 그렇게 알고 있어."

"하지만 아니야. 이세스의 플루닉은 마탈 급이 아니라도 사용할 수 있어."

"컥? 정말?"

"그래. 이세스는 혈육이야. 피. 우리 가문의 피가 흐른다면 누구나 소환할 수 있어. 다만 오래전 이세스의 소환자들이 마탈 급들이어서 다들 그런 착각을 한 거지."

'그렇군. 그래서 둘 다 그렇게 탐냈던 거야.'

이때까지 시드는 리스네와 리메토가 이세스의 플루닉을 얻어 팔 것이라고 추측했다.

그들 주변에 마탈 급의 인물이 없다는 사실이 첫 번째 이유였고, 리스네는 스승이 마탈 급의 마법사이지만 맡기지 않으리라 믿었다.

돈 때문에 가족도 버릴 수 있는 게 사람인데 어찌 함부로 맡기겠는가! 아무리 절친한 사이라 할지라도.

그런 일들은 영화에서나 존재할 뿐 현실에서는 있을 수 없는 일이었다.

하지만 이제는 왜 그토록 탐냈는지 이해할 수 있었다.

자신들의 실력과 상관없이 이세스의 플루닉을 소환할 수 있다면 단번에 마탈 급이 되는 일과 다를 바 없었다.

그것도 대륙 최강의 마탈 급을!

가문의 피가 흐른다면 탐낼 수밖에 없었다.

스으윽.

"그, 그건……?"

리스네가 마법 주머니에서 무엇인가를 꺼냈다.

시드는 깜짝 놀라며 빨간색의 마나스톤에서 눈을 떼지 못했다.

빨간색! 찾기도 힘들다는 최상급 마나스톤!

"라탈 급 플루닉 중 가장 강해서일까? 이세스의 플루닉은 최상급 마나스톤이 필요해. 구하느라 얼마나 힘들었는지 몰라. 왜 이세스만 이런지……. 한데 더욱 어려운 건 바로 마지막이야."

"마지막?"

리스네가 고개를 끄덕이며 몸을 돌렸다. 차가운 바람이 그녀를 정면에서 안아줬다.

"발동 조건."

"발동 조건이 뭔데?"

시드는 침을 꿀꺽 삼켰다.

오랜 시간 동안 혈육을 제외한 그 누구도 알아내지 못했다는 이세스의 발동 조건.

“마나.”

“엥? 마나?”

뜬금없는 발언이었다.

“말 그대로야. 마나.”

“마나를 주입시키면 된다는 뜻인가?”

“비슷하면서도 달라.”

애매모호한 대답에 시드는 미간을 찌푸렸다.

다르다라……. 분명 무엇인가가 있다. 그렇지 않고서야 이세스가 그토록 오랫동안 잠들어 있을 리가 없으니.

“자, 가까이서 봐.”

리스네가 최상급 마나스톤을 건넸다. 시드는 얼떨결에 마나스톤을 손에 쥐게 됐다.

‘예쁘군.’

가까이서 들여다보자 마나스톤은 더욱 신비로웠다.

상급까지와는 달리 은은한 빛까지 흐르고 있었는데 쉽사리 눈을 뗄 수 없었다.

“비슷하면서 다른 이유가 뭔지 알아?”

리스네의 목소리가 들렸다. 시드는 그때서야 마나스톤에서 눈을 뗐다.

“이세스를 깨우기 위해서는 마나가 필요해. 단, 주입이 아니야.”

“그러면?”

"바로 흡수야!"

"흡수? 크윽!"

시드의 얼굴이 일그러졌다.

외침과 함께 표정이 급격하게 변한 리스네가 마법을 시전한 탓이다.

파아아앗!

최상급 마나스톤에서 강렬한 빛이 폭발해 전신을 덮쳤다.

프리야 공작은 예정보다 일찍 왕궁에서 마차를 타고 나왔다.

얼른 시드를 데려오고 싶은 마음 때문이었다. 또한, 리샤르의 미래를 책임질 시드를 얼른 소개해 주고 싶었다.

열 살의 최연소 마탑 급!

"멈춰라!"

왕궁을 벗어난 지 20여 분이 흘렀을 때다.

프리야 공작은 소리를 치며 마차에서 뛰어내렸다.

콰지지직!

무언가에 의해 마차는 산산조각이 났다.

프리야 공작의 얼굴은 이전까지와 달리 차갑게 가라앉아 있었다. 검을 뽑아야 할 때 나타나는 그의 특징이었다.

"네놈들은 누구냐?"

프리야 공작의 양옆에 두 명의 기사가 자리를 잡았다.

마부는 애석하게도 방금의 일격을 피하지 못한 채 머리가 쪼개져 죽어 있었다.

"크으으으… 아, 알 것 어, 없다……."

프리야 공작의 눈이 찌푸려졌다.

쉽사리 알아듣기 힘들 만큼 어눌한 말투였다. 말하는 것 자체가 힘겨워 보이는 적들. 그들은 총 넷이었으며 기괴한 모습을 하고 있었다.

인간이라 볼 수 없는 참혹한 외형.

피부는 검었으며 불에 데기라도 한 듯 일그러져 있다. 더불어 눈이 하나인 놈도 있었고, 또 어떤 놈은 등에 날개가 붙어 있었다.

'도대체 뭐란 말이냐.'

새로운 몬스터의 출현? 아니면 자신이 알지 못하는 무언가의 탄생?

프리야 공작은 검을 손에 쥔 채 적들을 노려봤다.

괴물들은 침을 질질 흘리며 눈빛을 교환하고 있었는데 가장 뒤쪽에 있는 괴물이 손을 높이 들자 한꺼번에 몸을 날려왔다.

채애앵! 스파앗!

기사 두 명이 검으로 두 마리의 괴물과 맞섰다. 검과 길고 두꺼운 손톱이 부딪쳤다.

그때 프리야 공작은 자신을 노린 괴물의 몸을 일직선으로
쪼갰다.

파아아앗!

피가 숫구쳤다. 프리야 공작의 얼굴에도 끈적거리고 고약
한 비린내를 풍기는 액체가 한껏 묻었다.

하나 프리야 공작은 눈 한 번 깜빡이지 않으며 남은 한 놈
을 노려봤다.

"의도가 뭔가?"

놈들의 실력은 자신을 노린 것치고는 형편없었다. 마탈
급을 기습하면서 고작 이트 급 셋에 에트 급 수준이 하나였
다.

타오르는 불에 일부러 몸을 던지는 꼴이었다.

"대답을 하지 않을 것인가?"

괴물이 아무런 말을 하지 않자 프리야 공작은 천천히 다가
갔다.

분명 천천히 다가갔다. 걸음 속도 역시 그래 보였다. 그러
나 어느새 프리야 공작의 신형은 괴물의 등 뒤로 이동해 있었
다.

"우리의 모, 목적은 끝났다. 이제 와, 왕은……."

"죽어라!"

퍼어어어엉!

괴물은 프리야 공작이 지척까지 도달했다는 사실을 알았다.

그럼에도 움직이지 않았다. 움직이지 못했다고도 할 수 있지만 실상은 달랐다. 일부러 피하지 않은 것이다.

자신들의 목적은 지금을 위해서였으니.

"돌아간다!"

프리야 공작은 몸에 붙은 살점들과 뇌수를 마나로 태워 버린 후 명령했다.

그 명령에 괴물들을 해치우고 기다리던 기사 둘은 다급히 고개를 끄덕이며 말 위에 올라탔다.

프리야 공작은 달렸다.

말이 없는 것도 이유이지만, 자신의 경우는 마나의 소비를 감수하고 달리는 게 더욱 빨랐다.

더군다나 지금은 한시가 급하다. 마나를 아낄 수 없다.

'전하! 전하!'

마지막에 죽음을 맞이한 에트 급의 괴물은 분명 왕이라는 말을 했다.

즉, 자신들은 미끼라는 뜻!

프리야 공작은 모든 마나를 최대한 끌어올리며 더욱 속도를 높였다.

현재 왕궁에는 아폴레도 자리하지 않고 있었다.

물론 자신과 아폴레 외에도 든든한 이들이 존재하지만 불안감은 어쩔 수 없었다.

적들이 그 사실도 모른 채 침범하지는 않았을 테니.

잠시 후 프리야 공작은 왕궁에 도착할 수 있었고, 그날 밤
새도록 왕의 곁에서 호위를 했다.

하지만 괴물들의 말과는 달리 아무런 적이 찾아오지 않았
다.

의아했다. 죽어가며 왕에 대해 말을 꺼냈는데 위협이 존재
하지 않는다. 마치 자신을 왕궁에 묶어두기 위한 행동 같았
다.

그렇지만 100 중 1의 가능성이라도 존재한다면 왕의 곁을
떠날 수 없었다.

자신이 살아 있는 이유는 왕을 지키기 위해서이니.

그리고 다음날 새벽, 리스토 가에서 참사가 발생했다.

"리, 리스네!"

시드는 목이 찢어지라 외치며 마나를 끌어올렸다. 곧 시드
의 표정이 끔찍하게 일그러졌다.

분명 몸 안 가득 마나가 존재하는데 쓸 수가 없었으며, 끔
찍한 고통이 전신을 자극했다.

"마나를 쓸 수 없지? 후후."

'젠장! 이런 게 있을 줄이야!'

처음에는 백작의 자리와 이세스를 얻기 위해 자신을 이용
한다고 생각했고, 이용당해 줬다.

아니, 서로가 서로를 이용하며 득을 챙기는 판국이었다.

리스네는 원하는 것을 가질 테고, 자신 역시 많은 돈을 챙겼으며 플루닉까지 얻었으니.

그렇지만 리스토 백작과 대화 이후 달라졌다.

본질을 알려주지 않은 이유는 셋 중에 하나다.

단순히 악의적인 장난, 혹은 단순히 경고만 한 채 즐긴다든지, 마지막으로 본인 역시 그 무언가가 완성되기를 은근히 바라는.

무엇이 정답인지는 알 수 없지만 조심해서 나쁠 일은 없었고, 그래서 원래 계획은 오늘 아침에 떠나려고 했지 않은가.

얻을 것은 다 얻어냈으니.

하지만 프리야 공작이 개입되면서 원래의 계획이 뒤틀렸다. 단, 나쁜 쪽이 아닌 좋은 쪽으로. 놓칠 수 없는 기회!

즐거웠다. 기뻤다. 그러나 마지막까지 경계심을 느슨하게 풀진 않았다.

타렌이 찾아오고 올라오는 내내 기척을 감지했다.

느낄 수 없었다, 그 무엇도.

리스네와 만나고 나서도 마찬가지였다.

아무도 없었다. 둘을 제외하고는 그 어떤 이도.

에트 급 마법사 둘이선 자신을 해치울 수 없다.

마법의 변수가 존재하고, 마법 물품으로 빠르게 시전한다 해도 결과는 같다. 한 급도 아닌 두 급의 차이!

그 차이는 인간과 신의 차이라 불릴 만큼 격차가 컸다.

만약 라탈 급만 되어도 위험이 생길 수 있으나 에트 급은 아니었다.

그렇지만 시드는 뒤에 서 있는 타렌의 움직임을 놓치지 않으며 계속 신경 썼다.

정말 이 둘이 악한 계획을 품고 있다면 기습을 하는 쪽은 타렌일 테니.

계속해서 의심하는 자신의 모습이 마음에 들지 않았지만 그리폰의 살아생전 말을 떠올렸다.

그 누구도 믿지 말라고, 믿는 순간 죽는다고. 그것이 바로 이 세상이라고.

만약 단순한 자신의 착각이고 리스토의 농간이었다면 훗날 사과하면 될 일이었다. 아니면 아예 말을 꺼내지 않고 잘 대해주던가.

그런데 전혀 생각지도 못한 기습을 당했다.

마나스톤이 마법의 중심이라고는 생각도 하지 못했다. 그런 마법은 들어본 적도 없었다.

그 어떤 이가 최상급 마나스톤을 버려가며 마법을 쓴단 말인가?

또한 에트 급의 마법사가 마탈 급의 마나를 억제하는 마법은 존재하지 않았다. 적어도 그리폰에게 배운 지식 안에서는.

아니, 모른다 할지라도 상식상 불가능했다.

계란과 바위가 부딪쳤는데 어찌 바위가 깨지겠는가!

그러나 지금은 그 바위가 산산조각 나고 말았다.

어떤 마법인지는 알 수 없으나 마나스톤이 계란을 바위보다 단단하게 만들어줬고, 바위는 얕보지 않았음에도 박살 났다.

"궁금해? 알려줄까? 시간이 많지는 않지만… 널 죽일 시간은 충분하니."

시드는 거칠게 숨을 몰아쉬며 리스네를 노려봤다.

그녀는 더 이상 자상하고 온화한 가면을 쓰고 있지 않았다.

"고대의 마법이야."

'고대의 마법? 하지만……'

고대의 마법은 마탈 급에 오른 마법사만이 쓸 수 있다.

현재 대륙 전체에서도 열 명이라 알려진 마탈 급. 그중에서도 마법사는 단 둘뿐이었다. 절대 리스네는 아니다.

"내가 어떻게 쓸 수 있냐고?"

말을 하지 않았음에도 리스네는 시드의 의문을 알아차렸다.

"스승님은 연구하셨지. 고대의 마법을 마탈 급이 아니어도 쓸 수 있는 방법은 없을까? 그러다 발견했어. 마나스톤을 이용한다면 일부의 힘을 쓸 수 있다는 사실을. 단, 사용되지는 않았지. 손해가 더 컸거든."

리스네가 한 걸음 더 가까이 다가왔다. 시드는 그런 리스네를 당장 찢어죽이고 싶었다.

마나만 억제됐다. 즉, 신체는 평범한 인간을 초월한 상태가 유지된다는 뜻.

그러나 움직일 수 없었다. 마나스톤이 힘을 발휘함과 동시에 나타난 존재 때문이었다.

바로 소환수! 아폴레가 리스네에게 준 그 소환수가 몸을 붙잡고 있었다.

제아무리 마탈 급이 되면서 육체가 강대해졌다 할지라도 마나가 있는 마탈 급과 없는 마탈 급은 천지 차이였다.

"스승님은 기뻐했어. 우리도 기뻤지. 고대의 마법… 그 환상의 마법을 펼칠 수 있다. 그러나 효과는 형편없었어."

리스네는 고개를 저으며 아쉬워했다.

"마탈 급이 발휘하는 고대의 마법보다 약하고 지속 시간도 짧았으며, 최상급 마나스톤이 필요했지. 단 한 번 쓰는 데 말이야. 그래서 실험 이후에는 아무도 사용하지 않았어. 스승님과 몇몇 마법사들을 제외하고는 그 사실을 알지도 못했고."

"마나스톤이 그러면……."

"그래, 이세스를 발동하기 위한 마나스톤이 아니야. 고대의 마법을 위해서였지. 내가 감히 상대할 수 없는 너의 마나를 봉인하는 마법. 단, 역시 손해가 커. 스승님이 알려주신 고대의 마법에 힘들게 구한 최상급 마나스톤까지 썼는데 너의 마나 봉인은 겨우 10분이야. 이러니 누가 쓰겠어? 나처럼 지금의 손해를 감수해도 이득을 얻을 수 있지 않는 한.”

리스네가 한 걸음 더 가까이 다가왔다. 그녀의 손에는 부러진 단검이 들려 있었다.

“우리 시드… 날 지켜주고 백작의 자리와 이세스도 얻게 해줘서 고마워.”

지이익.

리스네는 부러진 단검의 끝 부분으로 자신의 손바닥을 뱄다. 그녀의 붉은 피가 단검에 묻었다.

“그리고… 이세스를 깨워줘서 고마워.”

그녀가 웃었다. 시드는 벗어나기 위해 발버둥 쳤다.

그럴 때마다 작은 거인의 형상을 한 소환수는 더욱 힘을 주어 시드의 움직임을 막았다.

푸우욱!

시드의 배에 단검이 박혔다.

CHAPTER 09
금기의 수법

절망을 느껴본 적이 몇 번이나 있을까?

전생에서 처음 태어났을 때는 절망을 느끼지 못했다.

찢어지게 가난해 먹고사는 것조차 처절한 전쟁이었지만 애초에 밑바닥이었다.

밑바닥에서 태어나 밑바닥에서 자란다면, 밑바닥이 얼마나 괴롭고 힘든지 모른다.

그러다 처음 절망이 찾아온 때는 부모님들이 돌아가셨을 때다.

아직은 철부지같이 놀아야 할 시절, 두 분이 돌아가셨다.

남은 선택은 단 하나였다. 가시밭길. 분명 온몸이 상처투성이가 되어 피를 질질 흘릴 그 길. 하지만 피할 수도 없는 유일한 삶의 길.

결국 어릴 때부터 온갖 일을 하며 가장이 됐다.

그 후, 두 번째 절망을 느꼈을 때는 여동생이 병에 걸리면서였다.

이제야 겨우 밑바닥을 벗어나 남들처럼 평범하게 살 수 있다고 믿었는데…….

보험이라도 들어놨더라면 다행이었겠지만 여동생한테는 보험을 들지 않았다.

매일 밖에서 일하는 것은 자신이었고, 여동생 스스로가 돈 낭비라며 거절했다.

한데, 깊고 깊은 병마는 보험이라는 벽을 피해 여동생을 찾아갔다.

절망이 뿌리 깊게 박혔다.

독종 소리를 들었다. 지독하다는 말은 셀 수도 없다. 잠을 줄여가며 쉬지 않고 일, 일, 일!

남들 다 하는 휴식도, 데이트, 놀러 가는 그 모든 일을 스스로 허락하지 않았다.

그 시간에 더 일을 해야 했다. 벌어야 했다. 그래야 여동생만큼은 평범하게 살 수 있을 테니까. 이 지긋지긋한 밑바닥을 벗어날 수 있을 테니까.

그렇게 죽어라 모은 돈이 다 사라졌다. 남들에게는 별것 아닌 액수일 수도 있으나 가진 것의 전부였다.

그 모든 게 허무할 만큼 쉽사리 없어졌다. 그뿐 아니라 감당하기 힘든 병원비로 인해 돈을 빌려야 했다.

그런데 여동생은 결국 죽었다.

행복하게 해주고, 살리고 싶어서 그토록 노력했지만 결국 숨을 거두고 떠나 버렸다.

세상에 홀로 남겨졌다. 찢어지는 아픔에 싸구려 술로 안주도 없이 배를 채웠다.

하나 아파할 시간도 존재하지 않았다. 빚쟁이들의 독촉, 일을 해야 했다.

울고 싶어도, 무시당해도 정신 나간 놈처럼 실없이 웃으며 처음부터 다시 시작했다.

태어날 때부터 정해진 운명을 좌절하고 비난하기보다는, 이 악물며 언젠가는 꼭 벗어나고 싶었다.

그 뒤로는 한동안 절망이 찾아오지 않았다.

로또 1등에 당첨되자마자 죽었을 때는 절망을 느끼지 못했다. 너무나 황당하고 갑작스러웠기에.

태어난 지 3일 만에 거지가 됐을 때도 같은 이유였다.

그리폰이 세상을 떠났을 때는 재차 혼자란 사실에 허무하고 외로울 뿐 절망의 늪은 자신을 삼키지 못했다.

전생과 달리 능력이 있었고 밑바닥 인생을 살지 않을 자신이 있었으니.

그런데 지금 세 번째 절망이 잔혹한 운명의 낫을 들고 찾아
왔다.

이제야 겨우 밑바닥을 벗어났는데, 이제야 겨우…….

"크아악!"

시드는 비명을 질렀다. 배에 박힌 단검으로 인한 통증 때문
이 아니었다.

빨려갔다. 댐이 무너져 쏟아지는 물줄기처럼 빠르게 빨려
갔다.

자신과 그리폰의 모든 마나가 단검에게 잡아먹혔다.

"후후, 이세스의 발동 조건. 바로 마탈 급의 마나를 모두
흡수하는 것이지. 하나도 남김없이."

리스네의 눈동자가 광포하게 변했다.

입이 찢어질 만큼 활짝 열렸다. 반대로 시드의 눈동자는 초
점이 흐릿해졌다.

현기증이 치밀어 올랐다. 온몸에 힘이 들어가지 않았다.
빼앗겼다. 말 그대로 모든 힘을 빼앗겼다.

소모되는 게 아니다. 만약 그렇다면 마나는 회복되어야 했
다.

하지만 마나는 회복되지 않았다. 빠져나가도 채워지지 않
았다.

일시적이 아닌, 영원히 자신의 마나를 잃어버리게 된 것

이다.

털썩! 스파아앗!

시드가 바닥에 쓰러졌다. 배에서는 출혈이 극심했으며, 강제로 모든 마나를 빼앗긴 충격으로 입과 코에서도 피가 흘렀다.

동시에 부러진 단검에서는 푸른색의 빛이 사방으로 뻗어 나갔다. 공터도, 하늘도, 모든 게 푸른색으로 물들었다.

리스네는 떨리는 눈길을 감추지 않으며 단검을 꽉 쥐었다.

덜덜덜!

얼마나 세차게 흔들리는지 손이 떨어져 나갈 지경이었다.

그러나 놓칠 수 없었다. 그 오랜 시간 잠들어 있던 자신의 야망을 위한 이세스가 드디어 깨어나기에.

그녀는 환희에 찬 얼굴로 한곳을 바라봤다.

빛이 모여들고 있었다. 모여든 빛은 하나의 거대한 형상을 만들어갔다.

스파아아앗!

재차 빛의 폭풍이 사방을 휩쓸었다.

그리고 리스네도, 타렌도, 시드도 볼 수 있었다.

기나긴 잠에서 깨어난 이세스의 플루닉을!

쿠우웅!

이세스의 플루닉은 리스네 앞에 무릎을 꿇었다.

그 거대하고 황홀한 이세스의 모습에 리스네는 감탄을 금치 못하며 사랑스러운 표정으로 손을 갖다 댔다.

하지만 지금의 기쁨을 오랫동안 즐길 순 없었다.

현재 위치한 곳이 아무리 마나 탐지기를 벗어난 곳이라 할지라도 불필요한 위험을 만들 필요는 없었다.

이세스의 정체는 아직 숨겨야 했다.

"돌아와 쉬고 있으렴."

리스네가 안타까운 눈길로 말했다. 더 보고 싶고 함께하고픈 욕망을 잠재우기가 쉽지 않았다.

그러자 이세스는 고개를 끄덕이며 단검 안으로 들어갔고, 리스네는 높고 푸른 하늘을 쳐다봤다.

이세스를 부활시켰다. 언덕 끝에 오른 것이다. 이제 시체로 가득한 계단을 오르기만 하면 된다.

"프리야 공작님이 나를 찾을 텐데?"

시드는 피를 토해내며 리스토 백작과 비슷한 말을 했다.

"너는 기다리기 지루해 나갔다가 돌아오지 않았을 뿐이지."

"으하하! 그런가? 마나의 흔적은 어쩌려고?"

리스네는 엎어져 일어서지도 못하는 시드에게 가련한 시선을 던지며 손으로 볼을 쓰다듬었다.

"시드… 시드… 프리야 공작님은 오늘 오지 못해."

시드는 쓰게 웃었다. 리스네는 역시 무서운 여우였다.

마나의 흔적은 마나가 발휘되었을 때 그 공간에 남는 흔적이다.

　마나와 한 몸과 다름없는 마탈 급이 되면 자연적으로 느낄 수 있는데, 시간이 지나면 흔적이 사라지게 되어 마탈 급이라 할지라도 알 수 없다.

　"이곳은 마나 탐지기의 영역도 벗어난 곳이기에 지금의 상황은 그 누구도 알지 못해. 이세스의 부활도. 프리야 공작님이 새벽에 온다 할지라도 흔적은 이미 존재하지 않을 테고. 프리야 공작과 카란이 의심할 수도 있지만 증거는 이 세상에 존재하지 않아."

　"하아, 하아, 그래. 그렇군."

　"시드, 이세스가 부활한 뒤에 만났더라면 우리는 좋은 사이가 됐을 텐데."

　리스네가 처음 만났을 때처럼 따스하고 환하게 웃었다.

　시드는 그 모습이 더럽고 추잡하게 느껴져 참을 수가 없었다.

　"퉤에엣!"

　"후후, 발악은 좋지 않아."

　몸도 움직이기 힘든 지금 시드가 할 수 있는 최선의 반격.

　리스네는 자신의 입술에 묻은 피 섞인 침을 닦으며 고개를 저었다.

　그런 그녀의 눈동자가 분노로 타올랐다.

　감히 자신의 얼굴에 침을 뱉다니…… 살아오며 한 번도 겪어보지 못한 치욕이었다.

"죽여 버려. 아! 아니야, 죽이지는 마. 스승님이 살려서 보내라고 했으니."

리스네는 아폴레에게 시드의 존재에 대해서도 알렸다. 이세스의 부활도 그녀에게 바로 알릴 계획이었기에 숨길 이유가 없었다.

덫이다. 자신의 모든 것을 드러내면서 더욱더 신뢰하게 만드는 덫.

훗날 대륙의 지배자는 현재의 왕도, 프리야 공작도 아닌 아폴레였다.

그리고 자신은 아폴레의 수명을 끊어줄 배신자이자 최후의 지배자가 될 테고.

그때까지, 아폴레가 대륙을 지배하는 그날까지 자신은 기다리기만 하면 된다. 그녀의 밑에서 세력을 키워가면서.

퍼어억! 슈웃!

시드의 몸이 허공으로 솟구쳤다. 몸집이 단단하고 두꺼운 소환수가 위로 세차게 걷어찬 탓이다.

"쿨럭!"

시드의 입에서 끊이지 않고 피가 새어 나왔다.

마나를 잃은 자신, 배에 검상을 입은 자신, 속이 뒤틀린 자신은 아무런 저항을 할 힘조차 없었다.

소환수가 아닌 타렌이 몽둥이를 들고 때려도 언제 죽어도 이상하지 않을 상태였다.

그 광경을 지켜보던 리스네는 몸을 돌려 공터를 내려갔다.

뒤처리는 타렌이 해줄 것이고, 모든 일이 완벽하게 끝났다. 시드를 죽이지 못한다는 사실이 찝찝했지만 스승인 아폴레에게 가는 이상 끝이라 봐도 무방했다.

아니, 오히려 재미있는 일이 벌어질지도 몰랐다.

시드가 만약 살아남는다면.

콰지직! 푸아악!

"……."

"허억! 허억!"

시드는 비명조차 지르지 않았다. 아니, 그럴 기력도 남아 있지 않은 상태였다.

공터에는 오로지 자신을 때리다 지친 타렌의 거친 호흡만이 지배했다.

"이놈! 전처럼 까불어보아라!"

'쌓인 게 많았군.'

시드는 쓰게 웃으며 피를 한 움큼 토해냈다.

리스네가 사라지자 소환수도 모습을 감췄다. 그리고 이어진 타렌의 구타.

마법으로 살이 타올랐고 뼈가 부서졌다. 얼굴은 눈도 뜨기 힘들 만큼 부었다.

“이 정도에서 멈춰주마. 이세스를 부활시켜 준 일에 대한 배려다.”

“거… 고맙군.”

“고마워할 필요는 없다. 그분이 기다리고 있을 테니.”

타렌이 새하얀 이를 드러내며 웃었다.

“아폴레인가…….”

“그래, 잘 아는구나. 크큭! 너에게 남은 길은 이제 두 개뿐이다. 아폴레님에게 고문을 받고 죽던가, 아니면 개가 되던가. 보기 좋겠군. 과거 마탈 급이었던 개라…….”

“개라……. 내가 그녀를 따르게 된다는 말인가?”

“네놈은 곧 겪을 테니 숨길 이유가 없겠지.”

‘이대로 끝낼 수 없다.’

시드는 일부러 말을 걸었다. 궁금하지 않다. 이런 와중에 그 딴 일을 알아서 뭐 하겠는가. 다만 기회를 만들기 위함이었다.

자신을 데리고 가기 위해 찾아온 사신의 환상을 보자 살아서 벗어나야 한다는 간절함이 머릿속을 지배했다.

‘침을 흘리지 마라. 낫을 치워라, 나는 죽지 않는다.’

시드는 손가락을 움직이기 위해 노력했다.

카란과 추억의 장소를 돌아다닐 때 주문서를 샀다. 언제든지 위험이 닥치면 바로 그 자리를 벗어나기 위해.

주문서는 꽤 먼 거리를 이동해 아무 곳에나 떨어지는 것이었는데, 위치가 지정된 주문서보다 가격이 훨씬 싸기에 선택했다.

'제발… 제발……'

주문서를 마법 주머니에서 꺼내야 했다. 꺼낸 다음 찢기만 하면 이 자리를 벗어날 수 있다.

마나는 회복이 불가능했지만 일단 살아나고, 이들한테서 벗어나야 복수의 기회도 얻을 수 있게 된다.

그런데 손가락이 움직여 주지 않았다.

'어쩔 수 없지.'

시드는 결국 최악의 수를 떠올렸다.

그리폰조차 죽음이 눈앞에 오기 전까지는 사용하지 말라 했던 그 힘.

'하나 지금이 그때야, 그리폰.'

결심과 함께 타렌의 얘기도 끝이 났다.

그는 죽은 것처럼 미동도 없는 시드의 목을 붙잡고 일으켜 세웠다.

"또 볼 수 있으면 좋겠군, 시드!"

개가 되어 만나자는 의미. 시드는 정신을 잃은 듯 아무런 대꾸를 하지 않았다.

그러자 타렌은 이동 주문서를 꺼냈다. 아폴레에게 곧바로 갈 수 있는 주문서였으며, 최대 세 명까지 동반 가능했다.

"꼭… 다시 뵙겠습니다."

그때 시드의 목소리가 들리자 타렌은 경악을 금치 못했다.

정신을 차리고 있어서가 아니다. 시드의 몸에서 마나가 피어올랐기 때문.

퍼어억! 와당탕!

"커억! 어, 어찌……."

복부를 맞고 피를 토하며 바닥에 뒹군 타렌은 두 눈을 의심하며 시드를 쳐다봤다.

마나를 모두 빼앗겼다. 분명 움직일 수 없을 만큼 몸을 망가뜨렸다. 이 짧은 시간에 일부의 마나라 할지라도 자신의 것으로 만들 수 있을 리가 없다.

한데 시드는 서 있었다. 마나가 담긴 주먹으로 가격까지 했고.

"그날을 기대하죠."

시드는 마법 주머니를 열어 주문서를 꺼내 찢었다.

"아, 안 돼!"

타렌은 다급히 사태를 파악하며 몸을 일으켰다.

그렇지만 시드는 이미 빛무리와 함께 사라진 뒤였다.

"뭐라고요?"

리스네는 저도 모르게 소리치며 반문했다.

있을 수 없는 일이 발생했다. 시드가 도망치다니! 아니, 어떻게? 움직일 힘조차 없을 텐데!

"그, 그게……."

그녀 앞에 무릎을 꿇고 있는 타렌은 차마 변명도 하지 못한 채 고개를 숙였다.

리스네는 입술을 잘근 씹었다. 머릿속이 복잡해졌다.

자신의 예상 범위 안에 불순물이 끼어들어 어지럽혔다. 그러나 고민만으로는 해결될 일이 아니었다.

"저희가 나설 수는 없으니 피의 눈물에 의뢰하세요. 돈은 그들이 부르는 만큼 주시고요. 다만 꼭 찾아야 한다고 엄포를 놓으세요."

"알겠습니다. 얼른 조치를 취하겠습니다."

분노와 죄책감에 휩싸여 있던 타렌이 벌떡 일어섰다.

"아참, 그 일은 문제가 없겠죠?"

"아, 물론입니다."

타렌은 애써 속마음을 감추며 돌아서다 말고 대답했다. 하나 그의 얼굴에는 노력에도 불구하고 슬픔이 묻어 나왔다.

리스네를 위해서는 무슨 짓이든 할 수 있지만 한때 자신이 충성을 다 바쳤던 리스토 백작의 죽음이었으니⋯⋯.

그 표정을 리스네는 놓치지 않았다.

"알겠어요. 이만 쉬어야겠어요."

리스네의 말이 끝나자 타렌은 밖으로 나갔다.

그리고 새벽이 찾아왔다.

"아아악!"

하녀의 비명이 저택 안에 울려 퍼졌다. 그와 함께 누군가가 하녀의 목을 순식간에 따버렸다.

하녀는 오늘따라 하루 종일 자고 있는 리스토의 건강 상태를 체크하기 위해 왔다가 눈 깜짝할 새에 죽임을 당했다.

그 비명은 기사들과 병사들을 부르기에 충분했고, 검은 복면과 옷을 걸친 두 사람은 그 사실을 알면서도 리스네의 방으로 달려갔다.

"이놈들!"

나스크를 비롯한 기사들과 함께 리스네의 방으로 뛰어들어 온 스로우가 고함을 질렀다.

죽어 있는 타렌과 옆구리에서 피를 흘리고 있는 리스네가 시야에 들어왔다.

"감히!"

라탈 급에 오른 스로우의 마나가 방 안을 가득 메웠다.

그는 리스네의 목에 검을 갖다 대고 있는 둘을 향해 검을 날렸다.

위험을 느껴서일까? 서로를 마주 본 둘은 고개를 끄덕이며 창문을 통해 빠져나갔고, 스로우의 검은 벽을 산산조각 냈다.

"얼른 추격해라!"

스로우는 리스네를 부축하며 나스크에게 소리쳤다.

그러자 나스크는 다급히 정신을 차리며 기사, 병사들을 데리고 밖으로 이동했다.

"꽤, 괜찮으십니까?"

리스네의 상처를 보며 말을 더듬는 스로우.

만약 검이 조금이라도 더 깊게 지나갔다면 위험했을 만한 상처였다.

"마법사! 마법사!"

스로우의 외침에 마법사 세 명이 모습을 드러내며 다급히 치료 마법을 시전했다.

그들의 실력은 리스네와 비슷한 수준이었지만 셋이 힘을 합치니 빠른 치유 속도를 발휘했고, 핏기 없던 리스네의 얼굴에 혈색이 돌아왔다.

"타렌은… 타렌은……."

"아가씨……."

상처가 어느 정도 낫자마자 타렌을 찾으며 울먹거리는 그녀의 모습에 스로우는 참담함을 느꼈다.

리스네가 타렌을 따르고 의지했다는 사실은 누구나 다 알고 있는 사실이었다.

"죽었습니다."

"거짓말! 거짓말!"

리스네는 부정했다. 스로우는 리스네를 품에 강하게 끌어안았다.

평소에는 있을 수 없는 행동이었지만 지금은 달랐다.

안정시켜야 했다. 그녀를 잡아줘야 했다.

"타렌… 타렌……!"

결국 리스네는 충격을 이기지 못한 채 혼절했다.

새벽 리스토 가에서 살해당한 이는 총 다섯이었다.

잠들어 있다 목이 잘려 버린 리스토. 그의 상태를 확인하려 던 하녀. 리스네의 문 앞을 지키던 두 명의 기사.

마지막으로 리스네와 함께 있다 숨을 거둔 타렌.

적이 살수들이었다는 점과 리스토와 리스네를 노린 사실 등을 종합해 보면 범인으로 리메토가 유력했다.

모든 것을 얻은 리스네가 리스토를 죽일 이유가 없었다. 특히 자신의 몸에 상처를 입히고 타렌까지 죽여가면서.

수면 마법의 흔적이 발견되기는 했지만 통증이 심해진 아버지를 위한 리스네의 조치로 밝혀졌다.

하지만 반대로 모든 것을 잃은 리메토에게는 충분한 이유가 존재했으며 유일한 용의자였다.

그 결과 왕국에서는 리메토에게 현상금을 내걸어 수배를 내렸고 사라진 이후부터 그의 흔적을 찾기 위해 노력했다.

그러나 끝내 리메토는 물론 기사인 페울도 발견하지 못했다.

그들은 모르고 있었다. 리메토와 페울은 저택을 떠나고 하루도 채 지나지 않아 죽음을 맞이했다는 사실을.

달그락.

문 닫히는 소리와 함께 리스네는 창밖을 내다봤다.

프리야 공작은 상황을 고려해서인지 시드에 대해 깊게 묻지 않았으며 위로를 하고 돌아갔다.

"타렌……."

리스네는 하늘을 둥둥 떠다니는 구름을 보며 타렌을 떠올렸다.

그날 새벽, 자신과 타렌은 사라진 시드를 비롯한 앞으로의 일에 대해 얘기를 나누고 있었다.

그때 비명 소리가 들리더니 머지않아 방문을 지키고 있던 기사들의 외침도 들렸다.

문이 열렸다. 살기 어린 눈만 내놓은 두 명의 남자가 피 묻은 검을 든 채 안으로 들어왔다.

리스네와 타렌은 그 둘을 보며 놀라지 않았다.

오히려 입가에 미소를 머금었다.

그들이 여기에 왔다는 것은 리스토를 죽였다는 뜻이었다. 또한 그들의 정체는 리스네가 괴물들과 함께 부른 아폴레의 수하들이었다.

"자, 상처를… 크윽!"

이제 의심을 피하기 위해서 위험하지 않을 정도의 상처만 입으면 됐다.

타렌은 자리에서 일어서서 그들에게 배를 내밀었다. 하나 그런 타렌의 두 눈에는 의혹이 새겨졌다.

검이 배를 관통했다. 하나도 아닌 두 개나. 복부와 심장이 동시에 찔렸다.

"왜… 왜……."

타렌은 쓰러지면서 리스네를 쳐다봤다. 저들의 행동은 리스네의 명이 없으면 이루어지지 않기에.

그리고 리스네의 속뜻을 깨달았다.

타렌은 힘없이 웃었다. 입가에서 피가 흘러내리며 생명의 불꽃이 꺼져간다는 사실을 알렸지만 그의 표정은 밝았다.

자신의 손녀딸이나 다름없었던 리스네를 위해서다. 자신이 평생을 바쳐 목숨을 걸고 지켜주려 했던 리스네를 위해서다.

리스네의 선택. 리스네로 인해 죽는다.

더 이상 지켜줄 수 없다는 사실이 서글프지만 원망하지 않았다.

그러다 죽기 직전, 타렌의 표정이 일그러지며 시선을 돌렸다.

고통스러워서가 아니다. 리스네를 위해서였다.

무언가, 혹은 누군가를 위해서 죽을 때가 아니면 기분 좋게 최후를 맞이하는 사람은 없다.

만약 자신이 이대로 죽는다면 리스네가 의혹을 받을 수도 있다.

마지막까지 리스네를 걱정하고 아끼는 진심.

타렌은 그렇게 숨을 거두었다.

"고마워요."

생각에서 벗어난 리스네는 창가에서 시선을 떼며 그에게
전했다.

그를 믿었다. 마지막까지 보여준 그 태도만 봐도 믿을 수 있
는 사람이다. 하나 리스네는 그 누구도 영원히 믿지 않는다.

아폴레의 경우는 서로가 비밀이 존재했다. 비밀은 꼭 잡고
놓지 않는다. 완벽하게 힘을 갖춘 다음 세상에 드러나기 전까
지는.

그런데 타렌에게는 비밀이 존재하지 않았다.

단지 믿음 하나뿐. 더군다나 리스토의 죽음에 괴로워했다.
괴로움을 느낀다면 언제든지 흔들릴 수 있다고 리스네는 확
신했다.

악마! 마녀인 자신은 악마를 원했다.

그 어떤 일에도 냉혹하고 흔들림없이 자신의 명만을 충실
하게 수행하는.

하지만 타렌은 그 점에서 부족했다. 자신 외에 다른 이를
걱정한다면 훗날에도 그럴 수 있으니.

똑똑.

노크 소리가 들렸다.

페이리와 아네뜨의 목소리가 들렸다.

리스네의 입가에서 웃음이 사라졌다. 밝던 얼굴이 일그러졌다.

눈웃음은 없어지고 어느새 충혈되어 눈물이 맺힌 서글픔이 자리 잡았다.

문이 열렸다. 방 안에는 슬픔에 젖은 가여운 소녀만이 있을 뿐이었다.

"뭐라고?"

"네가 다녀온 사이에 일이 발생했다."

"시드는? 시드가 있었는데 어떻게 그런 일이 벌어져?"

카란은 어이없다는 표정으로 마스터를 몰아붙였다.

살수가 찾아올 수 있었다. 그런데 시드가 방관할 리 없었다.

자신이 알고 있는 시드는 살수들을 반기며 적극적으로 상대할 것이다. 그러면 돈을 또 뜯어낼 수 있으니까.

"시드라면… 네가 말한 소년? 그 소년은 없었다."

"에에? 왜?"

"내가 어떻게 아냐?"

자신의 귀를 의심하며 되물었던 카란은 머리를 긁적였다.

감시를 하고 있지 않았으니 그도 모르는 게 당연했다.

"그래도 조사는 했을 것 아냐?"

"그래, 호기심이 생겨 사건이 일어난 이후 알아봤다. 특별한 일은 없었다. 살수들이 침입했고 다섯이 죽었다. 그뿐이야. 시드는 오후부터 모습을 본 이가 없다고 했고. 아참, 그 소년, 프리야 공작이 데리고 가기로 했었다는군."

"프리야 공작이?"

마스터는 어둠 속에서 보이지 않는 고개를 끄덕였다.

"그런데 프리야 공작은 데리러 오지 않았어. 원래는 저녁에 찾아오기로 했다는데."

"이상하군. 프리야 공작은 자신이 한 말은 어기지 않는 편인데."

카란이 아무리 다른 마탈 급들과 어울리지 않는다 할지라도 그들에 대한 정보가 없지는 않았다.

"데리러 가는 길에 기습을 받았다더군. 재미있게도 왕궁에서는 아무 일이 벌어지지 않았어. 그 기습으로 인해 프리야 공작은 발길을 돌렸는데."

마스터는 지금의 상황이 정말 재미있는 듯 웃음을 머금었다.

"우연치고는 심하군."

"우연이 동시다발적으로 일어나면 인위적인 거라고 아버지가 말했었지."

"즉… 만들어진 상황이다?"

카란의 머릿속으로 불안한 생각이 스치고 지나갔다.

"내 생각은 그렇단 거지. 프리야 공작과 함께 가기로 했던 시드가 갑자기 사라졌고, 그 시드를 데리러 가던 프리야 공작은 기습을 받아 왕궁으로 돌아갔어. 괴물들은 왕을 거론했지만 정작 왕에게는 아무 일이 생기지 않았으며, 리스토 가에는 살수들이 침입했지.”

마스터는 숨을 고른 뒤 재차 말했다.

“자, 그러면 괴물들은 왜 왕을 거론했을까? 목표가 왕이었다면 프리야 공작에게 알려준 이유는? 혹시 시간 끌기가 아니었을까? 어딘가에서 무슨 일이 펼쳐졌는데 프리야 공작이 오면 발각되는…….”

마스터가 말끝을 흐리자 카란이 침을 꿀꺽 삼키며 물었다.

“그 어딘가란……?”

“프리야 공작이 향하던 리스토 가. 문제는 그게 무엇인지를 모르겠어. 네가 아우라 말하던 소년하고 어떤 연관이 있는지도. 살수들도 마찬가지야. 그들의 목적은 무엇일까? 사실 리메토가 살수를 고용할 이유는 없어. 이미 모든 것을 잃었거든. 더군다나 리스토 가의 전력과 시드를 너무나 잘 아는 그가 고작 두 명의 살수를 보냈을까? 그것도 라탈 급한테 도망치는?”

카란은 동의했다. 리메토가 홧김에 벌인 일치고는 말이 되지 않았다.

그의 성격과 상황을 고려하면 충분히 가능한 일이었지만, 만약 그가 정말로 일을 만든다면 지금보다 더욱 완벽하게 준비를 했을 터이다.

리스네의 곁에 시드가 있으니.

"한데, 리스네에게도 이유가 없어. 그래서 머리가 아파. 무언가가 있는데 그게 무엇인지를 모르니. 분명 살수들도 시드나 프리야 공작의 일과 연관이 있을 텐데……."

카란은 아무런 대답을 하지 않았다. 자신을 지금까지 살려온 본능이 외쳤다.

시드는 그냥 떠난 게 아니라고! 마스터의 말처럼 밝혀지지 않은 진실이 숨어 있다고!

"일단 가보겠어."

"어이! 괜히 말려들지… 나참, 그래! 네 마음대로 해라!"

자신이 말리기도 전에 카란이 사라지자 마스터는 아파오는 머리를 부여잡았다.

정말 제멋대로인 놈이란 생각과 함께.

말소리가 들렸다. 누군가가 깨우는 목소리.

그러나 두 눈이 떠지지 않았다. 어둠. 오로지 어둠과 고통만이 살아 있음을 알려주는 증거였다.

생명을 불태워 일시적으로 마나의 꽃을 피우는 금기의 수법.

한 번밖에 쓸 수 없으며, 그 한 번도 대단한 위험을 동반하고 있었다.

조절을 하지 못할 경우 죽을 수도 있었고, 살아난다 할지라도 적지 않은 수명이 줄어든다.

더불어 어떤 후유증을 남길지 알 수 없었다.

살아남은 어떤 이는 미쳐 버렸으며, 다른 이는 더 이상 마나를 모을 수 없었다고 한다. 또 죽음의 문신을 얻는 이도 있다고 했다.

'움직여라, 몸아……! 움직……!'

일어서라고 외쳤다. 최대한 멀리, 더욱더 멀리 달아나라고 울부짖었다.

하지만 겨우 끈을 붙잡고 있던 의식마저 멀어지기 시작했고, 결국 시드는 정신을 잃었다.

그리고 5년의 시간이 흘렀다.

『시드』 2권에 계속…

共同傳人

공동전인

설경구 新무협 판타지 소설

마교를 재건하라.

혈마옥에 갇히며 마교 장로들의 공동전인이 된 사무진에게 주어진 과제.
역사상 가장 착한 마교의 교주.
하지만 역사상 가장 강한 마교의 교주가 되고 싶다.

고정관념을 버려요.

마교도라고 해서 꼭 나쁜 놈일 필요는 없잖아요.

지금까지와는 다른 마교.

이제 사무진이 만들어가는 새로운 마교가 모습을 드러낸다.

歡喜密功

환희밀공

설봉 新무협 판타지 소설

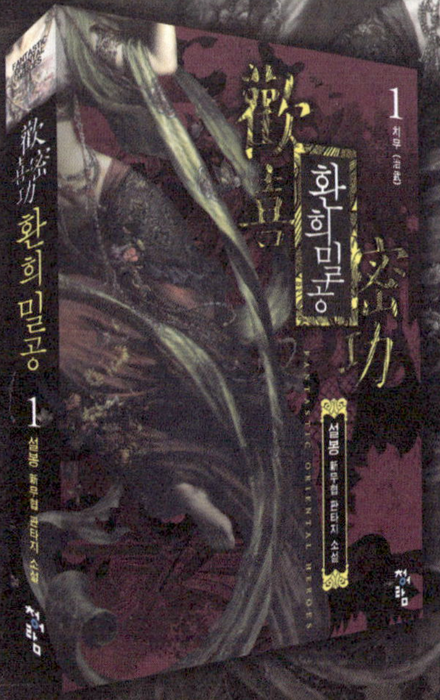

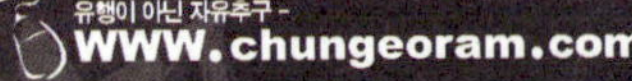

무유칠덕(武有七德), 금폭(禁暴), 집병(戢兵), 보대(保大),
정공(定功), 안민(安民), 화중(和衆), 풍재(豐財), 자야(者也).
〈좌전(左傳), 선공 십이년(宣公 十二年)〉

무에는 일곱 가지 덕이 있다.
첫째, 난폭을 금지한다. 둘째, 무기를 거두어들인다. 셋째, 큰 나라를 보전한다.
넷째, 공적을 정한다. 다섯째, 백성을 편안하게 한다. 여섯째, 대중을 화합하게 한다.
일곱째, 물자를 풍부하게 한다.

섬서성(陝西省) 육반산(六盤山)에 신력(神力)을 바탕으로
패공(覇功)을 구사하는 가문(家門), 육반루가(六盤婁家).
세상에게 외면받고 멸시당하는 환희교(歡喜敎).
육반루가의 후손과 환희교 교주의 운명적인 만남.

"넌 환희교를 지키는 수문장(守門將)이 될 거야.
강하게, 아주 강하게 키워주마."
'아버지처럼 죽지 않을 거야. 아무도 날 죽일 수 없어.
세상에서 최고로 강한 사람이 될 거야.'

유행이 아닌 자유추구 -
www.chungeoram.com
Book Publishing CHUNGEORAM